芗城·爱的草稿

漳州作家丛书

陈燕松／主编

道辉／著

中国华侨出版社
·北京·

图书在版编目（CIP）数据

漳州作家丛书 / 陈燕松主编 .—北京：中国华侨出版社，
2018. 10
ISBN 978-7-5113-7767-8

Ⅰ . ①漳… Ⅱ . ①陈… Ⅲ . ①中国文学—当代文学—作品综合集
Ⅳ . ① I217.1

中国版本图书馆 CIP 数据核字（2018）第 216910 号

漳州作家丛书：芗城：爱的草稿

主　　编 / 陈燕松
著　　者 / 道　辉
责任编辑 / 高文喆　王　委
责任校对 / 孙　丽
经　　销 / 新华书店
开　　本 / 670 毫米 ×960 毫米　1/16　印张 /324　字数 /4281 千字
印　　刷 / 三河市华润印刷有限公司
版　　次 / 2018 年 11 月第 1 版　2020 年 2 月第 2 次印刷
书　　号 / ISBN 978-7-5113-7767-8
定　　价 / 980.00 元（全 24 册）

中国华侨出版社　北京市朝阳区西坝河东里 77 号楼底商 5 号　邮编：100028
法律顾问：陈鹰律师事务所
编辑部：（010）64443056　　64443979
发行部：（010）64443051　　传真：（010）64439708
网　址：www.oveaschin.com
E-mail：oveaschin@sina.com

《漳州作家丛书》总序

漳州是中国历史文化名城，历史悠久，文化深厚。在文化的星空，群星璀璨，先后涌现出黄道周、林语堂、许地山、杨骚等文化名人，令我们引以为傲。

四十年改革开放，四十年风雨兼程。漳州土地，生机盎然，文学创作也迎来繁荣发展的春天。应是春风吹拂，应是文脉相承，一支包括了老、中、青三代作家的队伍正在悄然形成。2004 年，漳州市宣传部、漳州市文联编辑出版了第一套《漳州作家丛书》，有十二人，十二本。时隔十多年，在祖国改革开放四十周年的今天，漳州市宣传部、漳州市文联再次编辑出版第二套《漳州作家丛书》，展现活跃在省内外文坛的二十四位当代作家的创作风采。十二到二十四，这不仅是作家作品数量的增加，更是漳州文学创作水平质的飞跃。

《漳州作家丛书》的出版，旨在展现漳州作家的创作成果和创造实力。以期让更多的人，通过这套丛书，了解漳州，关注漳州，热爱漳州。同时，我们也希望，通过这套丛书的出版，能够激发漳州作家深入生活，体验人生，潜心于文学创作，用更好的作品回馈家乡，回馈人民，回馈时代。

《漳州作家丛书》编委会

2018 年 10 月 1 日

目／录

挥挥手

回来
已不在有四方墙的旅途
你的心上
不再插隐晦旗
那无型血养的鸽子变乌鸦
向南方飞去

南方倒着向你飞来吗，一束湿漉的光

眼瞳，说着江河倒流的话
烛台穿着靴子
光焰携带启明星的灰烬练走兵营的步伐
眼瞳说到最后飘出风雪

你飞吧，一束忧郁的光
石块屋顶晒满萝卜干和蜂巢
破残的大凉伞鼓面惠安农妇在跳肚脐舞
尽管大地饿饱交替照常

你回来吧，别跟着光四处飘飞

曙色如是钥匙

你是你自己临照的一把钥匙

曙色临照，钥匙长出嫩芽
长在门栅围拢住的一块地土
一孔眼的地土，竖着，隔着你的内和外
你在你的内面，一次暴动
你在你的外面，一个圈套
算什么，明暗交替，自行其是
也算是，一只早已装满懊恼的布口袋，你长出你的嫩芽
有时，钥匙会自行飞出去，向一个空荡的世界，发出声响

曙色转昼，光影溅落，碰撞出轻薄的倒转响
有时，一提起家，你就泪流满脸
家也扛来烟雾，你长出的是老藤鸦巢

那哪是一朵云，……
常是施予雨礼洗尽原野之罪
你没有围墙之家，绕串咸鱼干和菜蟹蝎
和空弹壳之钥，那哪是天空，座无虚席等着捕食

白雪公主，宰叫的丢三落四的豪猪的手足
……
在上面下面，暗挨着暗，光照亮光，各行其是

你手中一把曙色临照的钥匙开启沉寂的号叫的
你长出你自己的嫩芽

种春光

拂晓前抵达，沿途来的期望，你把它种下来
在旗风吹动的头发上
头发含着热血常是来咬自己的耳根
春天刚过，饱满、顿逝，你却未说出一句话
拂晓前抵达
春天唱祝福歌的咽喉

春光唯有美妙，怎肯赠送给他人
你把它种在胸怀中
这园子，却长出黑暗中争吵的家人
弄湿布衣伴眼中的雾气飘落

拂晓前抵达，那园子架起的阴影
要去空中种下幻影？
拂晓前返回，那电闪雷鸣不比番鸭的啼叫长久
你还伸出尾指擦碰钥匙冻结转孔的火花

雪与脸

雪花沿着你的脸飘落
雪花融化，脸更好看，触抚到睡眠
远和近，目光代替肺茎呼吸
似乎从黑夜的枝丛转回家来

忽明忽暗的盆火，烤着手肉

你闻到空手之香，在无物和饥饿时
你的手插入麝香缭绕的暗光中
飘摇源自荒岛的幻影
头发稀疏，闪电常来脑髓中站立
噢，这是由衷的阻隔，漫无边际的筛漏
天上拒绝地下的小径，始终，你对生活大切七八十块

不感兴趣；该出门了，去干活了
柴禾乱堆在房侧，你找不到斧子
风雪中树自会把利器藏在腋窝内
那位访谈者又来了，她的手抓扯着黑纸鹊，她不是诗人，却是女巫

她喃喃自语——你看看
这是什么，把它烧作灰烬，也开不成向阳花
她继续自语：它被湿漉附体，飞不上一滴屋檐水

女巫说话，说不出盆火变金子

野外荒郊如家，你闻到了空手之香
雪花源自于脸飘落，远和近，融化、葬礼

祖厝宅

忧思用钥匙打开，你走过怎样的痕迹
心内没有时间
心成为心的过道中缝
你伴热血厄运过的人站在那儿

坠落，你来数，再从存在数到沉默
避难所的内室谁在居住？
拆门人和刚从潮汐密穴爬过来的人
举着磨损的手指骨如数家珍

从钥匙到手指间
忧思的门哐当有声

你妄想全记录下徒壁增高和寸草不长的时间
自己走向自己只是一个圆圈的影射
只是呼吸到比广袤还狭隘一点的台阶的瞬间

气节诗

失望，不会的，也许会的
傻瓜才来每一天的转缝内见你一面
扔掉那条发霉的汗毛中
扭断藕草般的判断力

午光站在排棚的侧影中
像一个预兆日，在宣告什么重要细节
如果是的
尽责、殉职的，光从来就都在宣告
形似草莓星座的簇拥，焕发活动墙的涂料
那酗酒鬼，半夜才回家，忙着数落进痰盂的盲蝇

从灰蒙的地土蔓延至永不气馁的屈服的统治

空气，黏糊的
你从不介意会沦为阶下囚
是的，别去太在意
来面对大海呼吸的人太多，能挽住波澜壮阔的人太少

“邪恶，活下来的不确定因素。”
通往信仰之核心，是辐射，不是酬谢
这样的，你赞同异想天开，玫瑰变飞毯
在你为了你，你留下一盒烧焦饭，才去闹罢工
不这样的，煮好下一份照料夜莺啼鸣的心情
筋疲力尽的，一挨上睡觉前，就想念心肌梗死医生

热血

十指交叉十指，你从心中来
扛着骨节咔咔响，骨的美在内处
世界之内，激起热血波澜

血由热变冷，从地下冒出
一条条蚯蚓般的人影儿，跟着爬上来
但暂别把它赞美成绳索，说就挨近天色
说：十指一抓扯，灵魂，转瞬又活在风声里

但血未成激流
只拧成乱丝纹，拖累你的秩序
秩序也在流血？

你扛着它走回心中，心无旁骛
只留下空缝在闪亮
像生离死别抓扯挨近的探照灯，变作碎片
世界流动的血，心的碎块，向内流

热血流
说：你还活着；生命因流动而站立
在你暂未被抓扯作伤痕累累的门栅
十指交叉指向竟是如此之美、闪亮

心理动机

吃上玛瑙，振作起来
心理学家

是你的爱活在明天
你就坚持活过今夜
你就再坚持活一小时，走出，自己的
一尺茅屋

还是别人为你盖的，搬迁前
装在火柴盒内，赠送的人
还对你赌注说：去把对面的洋楼点燃
就为你盖一座比大厦宽敞的住房。多年下来，星颗看在眼里
刑事官还未找上门，亲人们都不知道
你住在火柴盒内，日子仍过得那么富丽堂皇
面色红润，走起路来风采无限

感受一下：火柴棒根根站立，但你的
中流砥柱的骨头耸立，如入云端
而是你一觉醒来便听见隔壁有人在敲墙，钉排钉
游魂被侵扰得找不到孔缝回来

溃烂的草莓地盘专家
灵魂是帮凶，使你活着
使你活上一根火柴棒那么久
吃上，奇妙无比的，从擦然到熄灭的“尺光”

骤变

左手似的托着永恒河流
没有一滴水的河流
多少肮脏人来抢洗

肝胃，又一夜不眠
躬身如做弹射状
醒来又走向松拉着割伤布的乡下生活

厌世者太多
忙着数蚂蚁有多少条腿打发时光

永恒的，吹一口草灰馈赠天堂，闪耀的
螳螂淌着口水，瞧：“乡下人，又在为地界械斗！”
鼓着络腮胡子的口臭人吹着口哨
吃不上北海道金枪鱼的叛逆者又添加一个

玫瑰变凶器，满山遍野
颂音诗变爆破箱，不再引万只蜜蜂来筑巢

十月变三月，革命者返回家一次
他手中扬着判决书而不是爱的誓言谏
一个人已变作双头人，嘴中插着箭镞和雪茄烟

甲壳虫车跟在屁股后面

溅湿的地面涌起金光大道
看门犬被他唬住一声不吭
在未获悉双倍的——抚恤变永恒为瞬息之前

唯目光永不可糜烂

你需要能者所能做到的——
来墙下铲草，切一截草香肠，喂入嘴

唱歌的，不都是歌者，自行其是
学着金毛羊讲牲口语者，紧随其后
在漳州，阴雨下得水沟都流作水牢
小蚁结出齿草翅，飞蛾洗尽翅粉变幼蚁
死鱼打旋涡是世上最美的展览馆
闷雨，闷热，明天继续下的话
人人都可在各自的屋顶上垂钓
指节上的疤就是饵月
插入创伤吊上一尾圣物

“人，自舔着指疤臆想
就能舔吃上流亡星腋窝典藏的蜜。”结巴人说

流星，你无法喊停它
废物，闭着嘴，不跟恶魔学唱歌
欠寒冬醒来的抚琴盲人，孤身一人
太多、太多，哭泣、哭泣
你丢下你，丢下暮色葬礼的菠萝果，就丢下我

在此之前你用心灵平息了黑暗
用擂鼓的迸喊使上苍躬身而下
这是你需要能者所能做到的：春天，故乡
在沮丧的拐角处，一列吸大雪茄烟的火车奔啸远去
你获得自由、盼望，唯有目光永不可糜烂……

爱和工作

对，你——怎样陪伴一滴露水
坠落无人知晓的一夜

伤疤的蓓蕾渐趋乖巧
你对着光亮撩拨的餐桌发战

不知这是什么没摆上供果冻品的节日
不吃叉烧鸡肉的斋祭日
你不知，“快乐”二字写给谁；快乐，它用
腹语讲话，有时也是一个负担
天使的眼睛刚从城墙卸下架子
蟑螂带着子女绕斑迹飞，像点着岁数
从画廊到画廊，从乌鸦到乌鸦
不说话不呼喊等于远离了远方
你就这样陪伴着，如此莅临的奖赏

清风获益流放
给你一盒摇篮水洗涤身影

谢谢，也带来灯塔脸探访的迷津

爱，生活方式，永不结束
忧戚与预示，至咳嗽工作，永无止境
在向源头索取波溯的经书
在指责太阳诞生强大的垃圾
对，你，是如此循复自己——
每天干起担着柴禾燃烧火焰的活
再把变软的黑石担回棚房，一次荣誉让给扫帚
闭窗开窗，早晨夜晚，遇见闪电像饮下疯牛奶
飞鸟、大海，盲者的鼓，归来人的歌，应有尽有
那位晒被褥修剪花圃的老太
忽然人们来为她举行贞节撞击圣音的葬礼，明天不知怎样路经哪儿

思索善待酬赏
对，你——爱欲、致心工作
旷朗持家，如此不息的撩拨之声

钟外的时间

爱源自流溢，值得华表的轴彩
从明天到几分钟的墙影
说出一个阴暗的空架
你将永在里面隐身研修
路教给你咽喉，歌
飞尘又来缠你跳唱祷词
你即将行至那里，你引领着自己，比死亡欢畅

对于太阳，像恋母情结，而不是法宪庭院

缠满铁网的鹭鸟不让你的目光闲暇
你从堆满药箱的乌云家中走出来
寂寞闻见花香时，你却又向它走去
你约了钟外的时间，来与坠落天使共进晚餐
夜晚，没有热烈奔放的留言
却等来昏眩与苍凉的自虐
你原先就病了，未听见敲门声，就想吃汉堡肉
盲者和教会厅堂的画，两人簇拥吃到天明

这钟外的时间选择你，你永是自己的时间
爱而活在世上，听见时间都为丧钟而鸣
从磨豆坊到星宿，乌鸦如响器从胸膛散开

饥饿，源自饱满，头脑插满刀叉
爱源自流溢，性、死亡和欢畅……

春，出征

别去求饶——妈妈——那只是一片空白
那不是白鸽子从阳光中斜飞出的白
它们，鼓骚着翅，带着凌越城隍庙的鸣哨水
向北方飞去，南方离得更远了，妈妈，别求饶

那只是一次短暂旅途，路绕着石屋走
风雪像挨饿的银角兽，赶来心中驱寒

你只露出窗台的脸，望一眼太阳，在驱寒，妈妈

你心中的愁潭，别去求饶，那是一堆暗灰
在天上，那是飘动的永不可被剥夺的，撒播之云
星辰中耀眼的灵魂之花，妈妈：
你眼睛瞎了，就去摸另一只眼睛，那滋润
你手臂残了，就去抖动另一只手臂，那依傍
你的心向另一颗心敞开，获取相伴的慰藉，那炽热

流淌在内面的血和喷溅出的血互相照亮之间
比黑暗还恶毒的东西——白灰变成红色，需要这般漫长
变化这般迅疾，像结满罂粟花的树，像划过基隆港的一道闪电
也淌着咖啡蜜的反光，你别去求饶，妈妈——

在黑暗中你默默地忍受所有一切：
晨光又把旷野分隔成一边灶台，一边琴台，在伺候
而到下午，这演奏是变作黄金，还是什么？别求饶，妈妈

那无人理睬的世界已移近家的小窗前
时光在仰望中熄灭，时光，绽开的小花，一朵编缀一朵
编缀成星和钟，编缀成回家的白鸽，妈妈，别求饶
那是你还在生长的年岁和盼望，生活的忧伤还在其中束衣随行

迷惘者

暗的光，包扎着病纱巾
迷惘者
目光和心脏被分开
你跟它们过，把家筑在手臂上

你的手举高过黎明
一抓一把天堂
云赶来发草霉的马车，饲料的雨
你想抓一阵融化来数一数
但诗歌如行鸦远在前线

飘上飘下的花，光由暗转金黄
冒烟的蚯蚓在地下翻身，能抓住身子就行
迷惘者
闪闪发光

水和火跟着家过
伸手从目光里抓出心中的幻影
速长成爱情

呵护中一个你变作一千个你，迷惘者归来
帮落泪人把窗口安装成缺口

你在，世界就在

这边没有所有的人来为你筹措
只唯有一人用泛红的脸颊来与光亮磨蹭
直到你捧出明镜似的心看
所以，生活着就别发愁

银鱼像抖擞的诗句在屋檐下游
这幻景，比透明的狐狸出没还使你遗忘
你踩过长街的木屐，你挂上山崖的油灯，双行来采韵
所以，生活着就在希冀

那些爱上浮萍的人干起打捞流亡的活
他们的手腕不戴玉镯却戴废弃的铁丝网
他们刚走出一个贫民窟又在你面前画出二条生死线

所以，你在，世界就在

渡渡鸟不相思

还差第五环城路的圆月
月光像荒凉货那般便宜

波涛、墓石，舰艇的探照灯树
死亡卸装当一回老家童养媳的新娘

呵那位即将病逝的太阳老水手
脖颈戴着千千万万金窗台的项链
就读这：比珍珠鱼弱小的——惧怕电网的诗篇
读吧：来福枪和搁浅魂灵的殿堂——通往白灰的草径

乡愁桥，摇来

像一滴未被呼吸的露水
变作二个家：海浮在窗上
窗浮上伤悼之月、圆圆的

没有盲目蠕动的天空
给予仰望第二回，造出一张呼喊嘴，加倍的唇
真诚地
你就真诚地失陷在未说出话的心唇上
一句话变作二个家
汪洋和大陆，骨和肉

给予
远眺之神——跳在脸上的蒙脸舞
你要把遗失的多年找回，像敲响脸盆去找回锣鼓
得一盆水如得一盆鱼
这灼热的心声之神

这灼瞎的抛锚之航
你参加了基隆港的军营联欢会
你同星花和鱼鹰搅和一起，你把浮萍和泪花送回家
你对着酒瓶和钥匙说：“明天，再见。”
你忙于随着一个白急救包在湍急的人流中变作：
圆圆的，一座乡愁桥，摇来，摇来……

圆的波浪

岛屿，你的鼓，大海，盲目的击鼓者，你来吧
心像一对流亡人，紧挨着各自的心
来吧

风带着沉默和思想，向下吹
下面的爆火山，张着血鱼的嘴
上面，有人坠落下来，来换死亡的前额和后背
这些打捞幻影人，在把水草和布旗纠缠一起

旋涡随影露现，怎么圆也圆不起的波浪啊

我们怎么站也站不上拍击的波涛、讲话和仰望
两岸仅是一脚之遥
这二条把眼睛穿串作原野的串线
岛屿，随时会化作荒寥的屠宰场
大海，随时会变成见底的干河床

——大海见底，波浪站立成比星密的窟窿

下面
上面那些不愿溺死在泪水里的人坠落下来，你来吧
带着树和井筋脉相连的大吸罐
上面，带着无声和呼喊
下面，坠落和汹涌的血
来吧：大海见底，到处是铺满通往的路、桥

虹，紧挨着心之航向，也坠落下来
向阳花，太阳灰，一对失散人，扭抱在一起

圆不起的波浪啊，永站立在燃烧的家葬里……

乡愁，飘来的蒙蒙雨

你谈到了金子，飘来的太阳光，到嘴边
但拿不到手里
你也谈到原乡，那位族长，训话和胡茬
胡茬子扎痛皮肉，说话说到心里去

你站在那里，站在滚烫的光中，劳动衫加冕了长袍
光站在比你高一点的头上，思想着什么
风云时际，谈到生活变成一碗水

一阵台湾来的雨，谈到生离死别浮出水面

你的嘴，失去二边唇的嘴，呢唤着什么
你的嘴含着船坞和铅笔擦
也含着栅栏，和醉了的升月
你的嘴中始终站着一个人
他，赤裸着全身，但被潮湿的金光包裹住

飘来的油黑的海霞，像一套皱褶的军服被
低头的寡妇在缝补拆散的丝线

你谈到针线活，就把蒙蒙雨缝进海峡的裂缝

海峡翻底，礀礁和红蜘蛛蟹浮上来

戴着大光荣花

呼吸

你，呼吸力打起牵牛星的旋涡
你，怎能相信，空气中也有什么在统治
空气，是主人——击凿你肉体的隧道
空气长不成挂灯笼树，家乡倒使你窒息

家乡也是呼吸在心灵的一盏灯
亲人那里，在用冰雹击捕飞鱼，在悬崖屯养海马
亲人那里，就是呼吸，像锤钉把你钉住
你挂烟雾的鼻嘴绽开出幸福花

捆扎在麻布袋内的呼喊，倒出来，倒向你
呼喊挽住呼吸，像瀑布挽住诗歌，还原流畅，和远方
你呼吸，变作呼喊——让声息变作沉寂的主人
是在震颤中的伺候，而不是一句“在迷幻之上的统治”

颤动

你在一只眼睛内等待阴暗
路中没有旗杆和飞鱼
举旗人和捕鱼人已相继老去、死去
另一个人在阴暗内等你眼睛的睁开，到来
呢喃说：闪亮，回来吧

门、窗，向内探视，路像昏暗的光绕弯弯

心的通往身的践踏
三颗心举着三个头颅
压得呼吸喘不过气来
常是
被削尖的思想捧着花摇篮窜到云端上的净河
那条放牧灵魂的光线路
常是摇着月亮的黑船篷回来
院外的树都被砍掉枝叶
墙、迷茫和流火的乱蹿之声
上升和下沉，那纯净的空地怎还未被公派人看管
沉寂的引路人，带着年代变奏曲的引路人，闪身呼喊的岔径

眼睛蒙住阴暗，阴暗如展开云霓的羽翼在波涛击拍之上
上面，更高远之路，你像在等待诵读的声韵
合成一个失劫的巨大颤声

守望岛

一只蓝色蜥蜴，口吃的
提速吐出长卷舌
在枕木和子午线之间
如剪碎裙布带
拉动干燥的睡眠之琴
在那里处
被铁笼子关禁的君主鹦鹉
都说着情人的坏话

在那里处
梳风者，是撒谎者
笃信比木麻黄林
高一肩胛的星辉糜烂屏障
敬向早晨时
地道的闽南人，都喜欢
在肚脐处，刺青桅杆和旗
哨卡和发卡

在那里处
白床单，包裹天庭和白痴的精迹
有芒果结蕾

学语说：注视前线的火柴盒之美
想亲人时
学深渊背着松果和挖窟爬——

当海面隐去时

1
——哦时间紧迫，时光咯血
你竖立手指如举起十支长矛
麦穗怂恿麦穗，不在收割，看蝗虫叮咬马尾树狂卷
大地狂卷，饥饿狂卷，屠夫狂卷
屠刀不砍手指，手指窗台处，有占卜生死的手指，拉勾发誓
哀伤时不诉说哀伤
隐秘的紧身圈，一波震荡一波，淹没而至

哀伤夹着钟鸣：
打钟人背负大海，十指用力，插入辽阔海面
海面波涛滚滚，不是人行道，也不是长安街
其中，鸥鸟争做灵魂的健身房
波涛滚滚啊自行其是，鱼者歌者，掏心互诉衷肠
其中，万千祷告嘴撕咬作一团

呼喊遮盖住地图纸和外婆脸
孤岛按比例孵育蝎蟹蛋，太阳——哨卡蛋
落日、黄昏、寒风冷冽，舰艇、面包、围棋博弈

哦时间抽搐，缆绳捆绑飞蝇

2

从螺贝到号角，孤寂长出红头发
你，兄弟，不举锤子，拾起路中的石头
来敲打胸膛，咚咚咚听见心灵的呼叫声吗

血水的，骨节发出之声
火药的、崩塌的
那地方如此雄厚，心灵承受得住
你的疼痛把每一块石头都当作活着的兄弟

海面草如此绽放
你随光芒沉下，随光芒浮出，遇见双眼瞎掉的人
问话：光明是一朵花吗
光明是一张呼喊的脸吗
你真的看见过光明吗
盲者同海面草早已融为一体
一句问话随光芒沉下又随光芒浮出
而当海面静静隐去
光明像被拆去独轮子的手推车
上面的地基石和红公鸡已四散分离

这亲切的喊叫，来光顾美好软巢中的孤儿
这螺贝，来赶木屐，抵达灵魂的禅房
而那边的生活已无须情爱单一，或重复
而你，石头兄弟，不是投向海面……

3

“归来吧，用死鱼换金币的无舵手人。”
当你不再对着大海痛哭、呼喊
当你不再是站立岸上之人，而是一棵曳动的树影

而当辽阔的海面静静隐去

“死亡，死亡的波浪之蜜——
何时淹没乐曲搅碎机的机械轰鸣房……”
风儿，风儿又吹来黑暗的诗句给鸥鸟朗读
风儿一吹过，岸上都露出骨头，骨头都露现绿芽和曙色

雨中卖花人

你从记忆回忆到家中：
你打败了那双紧闭的眼睛
把它打败在黝黑黑的天空上

上面伸下像古长矛的手和脚
带着忏悔描绘的缨穗
你洞开的心，下起另一颗心阴霾的雨
燃烧云转动土宅风车，上面、上面

颓虚腾出思想肖像的空地
光占领高枝头，光最终输给绽放，那里没有金刚钻
只有不停冒出的黑水泡，顶麻菇笠的小鬼追随它
形同高贵者死，用赤裸呼吸夏天的鲜血

年轻人比井内的芦笛瘦
绳子捆绑着水仙和镜面，而不是图书
笑容早已生锈，钉在敌人的胸脯上，在扑火的毒蛾身上
再穷的家中只要燃起笑容之灯

在黑暗中都无比的高贵，笑容就是呼喊，让沉寂变作爱情

呼喊再一次从战栗中掉落下来——
你最终输给自己，直到噩梦不来缠那丛未卖出的野花

女护林员

我把你的姐姐，当作
一种捍卫
她贵气，似把利斧举向落日
倒下睡去时
再举着利斧回来
折光便举起你姐姐的双手

候鸟搬着地土层走
心灵把猎枪收拾在倒梯边
你和姐姐走下来，手中不停放着蒲公英线
一如飞行被抢劫
只剩下吃火苗和葡萄的星期天

贵气高起来，能作为云虹的伙食
高贵低下来，番鸭拿她去做棉被
但我捍卫不住，一首首号叫的豪猪诗句

你的穿行光束的姐姐
我现成的梦比她的微笑慢
是她的眼神已长过边境线

重把落叶捡拾作喷泉之眼

你的姐姐哭过一只土拨鼠
风干时，就只皱个眉头给天底下

无人为你（一）

来了，带着你自己的电和光，林中人
一个未注册的名分，暂未暴动的岩浆
在激流之上，你就暂隐伏在星火的酣静里面，还有什么
比这欲望更会四处出没乱蹿，你来了
无人端一碗家水来饮的林中人

草，花，噢不
比讥谈起乱石块
还带劲，你的身影还套在他人的身上
他人，你，两者
从不合谋纵谈世事，那世土永成不了生长的肌肉
萤虫洞嘴，松尖皱皮，骨节斧石
犹伴湛蓝的倒影照亮栅房爬升起来的阴暗，林中人

照亮、照亮，带着你未被开凿出迹象口子的头颅盖和心
照亮那不顺刑的时间，那衔来暴风雨种子的鸟只，林中人中的人

无人为你（二）

你暂且别窒息，无人为你
你绝对不会这样，悬浮之间，上面、下面
旋转、旋转，昏暗、昏暗
你出气，你猜疑有人混杂一起，呼吸你的气
无人扔来供养袋，呼吸大于一切
那是心胸之树是坦荡的油轮，他，他们
仍还安然无恙在里面
你就呼吸这潮湿的安逸，这，向上生长的波涛，大海的蜜
无人为你，是你的面前，你的居住地，无人来打照面
来牵引偌大的虚暗和光中的孩子塔
当你插满试管的头颅缓慢涌动
呼吸就吮吸这头颅，你不是呼吸，是读出声
读上面、下面，星颗墓石之声
直至，有挨饿的蜂针来掏你死亡的肉体
在暂未卷走血液之赍口通往风尘的神道时
蜂针会变作刺锤，伴你读出死亡之声，你绝对不会这样

无人为你（三）

光，一针扎下来
你牵动光线的血脉，痛
痛坏掉肌肉上幻觉的疤痕
烧起来，和烧起来的心

看不懂那，天空的恶意
紧挨着麻风院和吃地下水长大的植物

这光
松涛处来的，暂未成光暴
太阳，挖苦的天堂，余下的灰烬
天上无人能把“虚无”烧成的灰烬
你
就从灰烬内走出来，然后走回世界
然后合上一本不让睡眠的书，拣一个冷词说话

无人为你（四）

自由或死亡，都截止到王冠的名分
恐惧或不朽都怀上飞翔的孕
还带上野花之香咀嚼万露的垃圾

昼夜二瓣，把灰绣成花

你说话说成不听话的一个你
无人，只指望“自己”成为一个你
昏昏欲睡唯有一支箭诗来伴
滚下月亮沙坝，光泉背后
瞎子跳着绳艺，石屋唱起心房的幸福歌

世人，皆自蒙翳，不知走向何处

宁静第一
母性排在一下面的二

无人为你（五）

无人帮你在离散中剥一只蚂蟥叮咬过的橘子

那里
一个旋转的下塌地，高贵和庸常混杂一起的，异乡
永无人帮你扶上伊甸园的鞍
帮你解开手中电网的纤维，你的手，自己的葬地
手的索取，加倍的放弃
歌谣
摇篮和露台混杂一起
你的手，容易越线，容易，触摸到灵魂的皮肤过敏

无人
那黑暗中的陌生人，像蜘蛛潮湿的月光绕着圆的岔径
默讲魂影的事，数着圆形的食物
异乡，你渴望中的充饥物
旋转，塌陷
陌生人，一只橘子，身旁还有另一个人
帮你挑一担篓筐闪光的石块，走向坝岸要干什么
听波涛在重复昨日的音调
大海已变作一座机械型的空地，横亘着也吞噬着
你在沉静中也在晃荡中，在上升也在下陷，这食物的魂
你真想
纵身向这僵硬的异乡地一跃，让它变作一只橘子的胃液溅起
波荡着
呼喊着

绿

这年年，都看见你头上戴着一丛绿
是那大地
已移植至思想之上在招惹谁

就因为有这大地，……
白昼出去荷锄，夜晚回家喝酒，石屋成为唯一的江山
你知道，是这大地赋予你的所有
……

绿呀——瞬息流淌高贵的汁
使你看见过眼云烟的颜色，即使在光中，双眼也瞎掉
那轮升起的太阳，把海面的波涛扑打来，成为绿的仆从
那石岸发亮是染上绿的黑唇嘴

印染上天空巨硕的多彩布，比湛蓝深的绿
荒芜和虚无束着腰身来傍照
你看见绿，不就像暴风雨的幽魂来生活中献艺
飞鸟扑入歌者的怀抱，不就是这年年飞走又飞回的绿之哨声

这绿已化作一个人，你不是一个俗人，是一丛绿
这绿，是大地的圈栏和插图画
你这绿之人，已完成从酬劳到欲望，从花朵到家园
从静默的飘雪到别着胸针的心跳
谁一伸手能触碰这绿呀就像被一丛春天的思想刺痛

心中的领地

炊烟自愿加入昏暗，这转变中的硝烟
死石灰伤悼前的暴动
你自愿加入转变，这天空——这般传统的奢靡

这来自空旷的饥饿，寂静的林中走出砍伐人

观赏黄昏的技艺

我们还未谈到黄金岸，就向黑铁的云挥别
那轮落日——死亡之意，难道还没有什么值得敬仰

你的眼睛涌动凝视，你的目光就闪现天空的胜利

掷地歌

像指点江山，看见你的衣袖内，藏有武器
那朵落下拍醒看门狗的云，润湿了田野
第一轮太阳走下
跟着狗，被农夫牵着，手，绳子，火焰

围着早晨的圈，早晨，另一伙人
从双排白桉树上露出脸，说着，床和泡枣缸的话
泛红的，昨夜的宁静
似都已跟这里无关
那一伙同乡人，开始忙活
说话，不是说给心坎的，说话，说给吆喝的，天空的吆喝
枣红的脸像被太阳牵着

你站在悬挂深渊的排列瓮的墓地，看得更远
基隆港和以色列在同一条线面
点缀的潜艇旋涡有点像癫疯的军犬
水柱比高贵的云还高
从宁静到欲望，二种不同的景象，来到你的双眼上
你的眼睛迸发着能把武器转化作音阶的目光
来给雾水内死亡的未醒来的一隅江山
说话

噢这闽南润湿的田野，迸裂的和律跟上你

房石

这些盲目之石
你确实辨认过它：怎么摸索到墙上
怎么混进了房间，变作一束飞蛾之光

你以养尊处优供它喝
这坚硬
你的手中用尽与黑暗通途衔接的晨野赞歌
那报丧草和从教堂移植过来的菠萝树
生长得多么快活

这时日，垒高的重量，飘吧
你仰视它像一幅赤裸的油画向太阳飘去
你的心胸
涌起新开凿人，踢踏起太阳石裙舞

把你践踏成路上的奠基石吧
那带着盼望、乡愁、幻影的防护堤石，来筑你之心
你破碎的心，长出疼痛之石

这世界的矗然起立
你心之石：大海的波涛天空的云朵
还有那凿刀不敢触碰的花朵，用尽沉默的喊叫

噢，品尝一股激流

你课桌上的水，可比海洋多，你可不敢说，日光四处有
掩饰了薄弱
你即可伸手凭空采来向阳花，白花瓣，做成旋转的塔

鸥鸟在啄身上的虫，给自己疗病
阴暗给未长大的孩儿教会土著话
那遥远的遗失的敲梆声重来围攻诗意的不安

一句句静静摇作成“睡房内的摇篮”
歌声贩换“测试的钟表”
一个三国关联的村庄挂三只大咖啡杯当旗帜
家园：已从坦克辙带上生长出一棵棵棕榈树上黑熊的爪子，来照亮你头颅
你目光需要的是蓝宝石群宽恕的闪光，瞬间前
点水的蜻蜓就从闪光内飞掠出
放下屠刀的屠夫，重提锄刀的革命段子，伴着品尝这非凡激流

海洋仍把你的诗句变作狭巷
你手中的酒杯倒立，那已丧失教会你摸索灵魂能力的诸神的圣杯
却倒在稻草秆的摇曳中，大洋彼岸，仍在舰艇和面包的环绕中

今天，你仍充饥果腹，但照常活着
你的嘴，仍被亲人们一次次翻新的谈情说爱占据
犹似疯子推着满卡车的榴莲果，来换一颗颗忧伤之心

那把阴暗当帐篷的人一个个走进去，那把
阳光当原野的人一个个走出来，犹似幻想，就在脚趾上
犹似天堂，就在你一个人的眼前，一个人，多么大的财富
你，即可伸手抓来鸡冠花，即可，抓来比天大的王冠光
即可在暴风雨降临前，把那一幅日出画
画得比油轮大，挂在自己的家门上
这实质是死亡之物的作品，也在眩惑闪光
你也即可
把那位为平分三寸地基石霸道的邻居
诅咒成不寒而栗的半只乌鸦

爱的字典

“隐秘”不是你能说，就能说出，现身面前
升日，蝎子一样爬上嘴唇
再爬高上去，即是冒烟的鼻管，呼吸喧嚣的世界

两个人的世界，牵扯一个气球
挂在教堂的尖顶上，教堂在暗光中坍陷
黑色的烛光拉扯大孩子，长大成梦想中的泪人

糨糊是来糊战乱的史书页，而不是日子之墙
沉默，谣言，墙上的杏树很快流产
草堂被残疾鸟投落的果子种击倒
轰跑出持刀偷情的情人，一周后，他们又摸黑拾回遗落的镜子和梳子
七年后，挂银镯子的儿子，来辨认真假父亲

假父亲品尝真父亲的勇气
真父亲教会假父亲用甜言蜜语吸引了异性；像巫婆嘴
把偷食的大公蜂吸收在灵魂乳房歌唱的陶罐里

直至我们的家，再也装不入呼唤的诗句
大海，在早晨的万光中爆破，波涛在偏向西方的光芒中耸立
那歌喉沙哑的精灵，重演着一幕幕死亡的戏剧

那不屈服死亡之人
穿着加冕的长袍
一伸手，就相安无事，广大无边，而不是说：隐秘，现身吧
隐秘一如黑洞，革命挨饿的黑洞
爬出一只只背着肉砧的铁蟹，沿途吞食萍草铺就的道路
鸥鸟冲掠如刀刃，把心灵劈作柴禾，伴同着煅烧世界
这爱情的字典内未曾出现过的象征词
你的爱情
至今把我推到亲如绞杀的前线
不是让我呼吸花朵和鲜奶，而是死亡的气息

乡愁的鳗道

暗，灰，呼吸的通道
你用火柴梗，点亮鳗道
一滴水
攀缘着壁，点亮树和树年号的墙，墙内
仍有人举着锤子在敲打
墙外

仍有人把尖利的钉子扔进来，一个钉子，一个坑，透着光
墙外的人，目不识丁
已不敢冒进，就以代身的铁钉来触探
一滴想飞凌的水
也被钉在树眼上
永恒，短暂的交织
想探个究竟，远见赔了进去，眼瞳，暗，灰
刷洗假牙的人，串作一条线
黏黏的、滑滑的

你也用远眺，构成一个圆
家
更大的家，一个国，刚落下的太阳
一个
圆的出路
向下
向上
向下，有人呼号，有人饮泣
向上，有人疯了，有人祷告
嘴
白茫茫的圆
你用大公鸡和苹果豹
捆绑住
心
黑乎乎的圆
你用石臼
捆绑住，千疮百孔的明月

那，家
那，圆的钉子

灰，鳗道

那
不发亮的，就退回白内去
雪花飘啊飘，血飘啊飘
世界，融化，融化，完成一丛枝丫颂

漫漫乌云滚滚的天际下
小世界
小过邮轮的红毛胸脯
发冷、发热的
伸出掏灰耙的手，抠不出能撑海的船来
你也就，别把
占卜牌和极刑牌钉上去
等于，著书翻到最中央一页
抖出比蜈蚣胆和千里马的铁印蹄更美的画来
你谈到什么，一个交易
要什么，就给什么
哪怕
毛胸脯换上钢胸脯
公鸡脸换上油轮脸
哪怕，牵手带他去到战火密布的新店溪旅游一回
乘势居住下来
接下，干起贩卖墓地的活
你说过的
坟墓最圆，死亡最圆

噢，圆的新店溪，圆的鳗鱼
你说的
那边，枪托已排作栅栏，弹壳已制成菜刀
喇叭花盛开，丁香鱼跳跃

你说的
不盛开的仍是沉默，不跳跃的仍是思念
圆的，变扁的
海峡的，变水洼的

水飘啊飘，土飘啊飘
刀飘啊飘
菜飘啊飘
假牙飘啊飘，嘴内的大陆飘啊飘
红胸脯飘啊飘
尖利的钉子钉上去，变作撑船的胸膛飘啊飘

你的歌谣，长出肌肉来的白鸥的歌谣
白鸥，大海的白灰
你的波浪神撒着大把大把的白银、花花
那个用象骨算盘，算年份重来的失散人
就是一挨大清早，对着白鸥吟对唱谣
渡过大海——回到鼓浪屿之波来的
白鸥，每一次，冲刺入海面，即是钉子
白鸥，每一次，飞掠出海面，即是算盘
你算你的，一到十
你钉你的，油轮的红胸脯

短暂的，叠一把人民币，叠入永恒的
失散的，抹一把鼻灰，抹入团集的
你
隔着一窗子玻璃格子
拭擦一下眼瞳，湿湿的，这通道，浅浅的
深深的
像深渊把葡萄架了上来
像蒲公英把桥墩浮了上来

那雾，融化，那灯塔，融化
那雾，对着你嚷嚷，那灯塔，对着你推搡
有砍伐挡视线树之人，被嚷得手变成耷拉皮
有填壕沟之人，被推搡得重拣起骨笛哀唱
你，你说的
回不到了家，就退回到墓墙内去

这家，这墓墙，之间的通道，黏黏的、圆圆的、滑滑的

通往小草之门

你仍拥有那扇窄门，通往小草的门
或许距离门咫尺的，不是寸土，而是飞鸟天堂
那是错杂的性灵在上面的停火展示
那是雨云演义返程的殡葬
你曾在下陷的幽静中豪迈
你偶尔被上升的海藻嘴歌唱，贬幻之唱
在重叠的撕裂声中徐徐而行
犹似未成翼的原草之语，成为屈居中的宿主
你将获得通往之门，通往的不是星，却是炽望

那也是闽南人喜爱在桅杆顶睡火焰之意
那是严冬的解冻，已不必在海面敲燧石之火
封锁线，获得丝绸之路的串线
车辙皱褶的通往处也是深埋红宝石地基处
你重以双眼和旷阔，维护通往容貌的曙色处

那是纵横占幄，是王者之气的减缓之行
你首次重以手之礼去触动，尘叶上的落露之门
晶莹剔透、反常规水、万籁俱静处的通往

年号演讲稿

庇护向你埋下订单，犹如无枝叶树埋不下
秋天的尖嘴猴腮，你披着蓑衣一闪
簿册之旅重又翻晒一遍在春天的卷皱皮上
至少只有这伙伴拿正眼瞧你一回，再瞧你腿时
螺旋腿抖索埋下，是你刚离家出走的一瞬
又抄近路返回至母亲生你的住处，叫唤你的乳名处
你挨饿时，真想再大梦一回时的忧愤发泄处
对着昏暗的漏孔，火柴梗怎样也擦不着
你湿润的开裤裆仍挂在烟囱上迎风招展时
那朝风又在把空幻的手稿演讲一遍
犹似貌美者死在蜜罐里，疯想家却在毒气室复活
犹似你在失盲的灯光里埋下，浓雾庇护花丛，孵出幼禽之眼
哦不，是埋下星仪衣钵的钟表修理厂搬运工
提前使油轮驶离迷失方向的朗读者集合地

哦不，是一群被赶下山来的厚胸毛喧嚣者，重被沉寂赶下水时

“那是扛火蛊鼓的闽南人，在闹驱灾庙会。”在以骨灰涂抹脸时
在赤身裸体在墓茔内酣睡大年初夜时，在无畏恐惧
埋下幽灵企图时，死亡犹如乐此不疲的下酒料儿，你错过
举一把胜利火炬和一本远望的云南诗选给那位跛足探访者时

这干燥易燃的秋天也只有闽南人能捆绑住它，犹如以撕破旗
边角红丝线捆住春天的贪食之嘴那样，在你重以呼喊
埋下鸭舌形的冷飕飕的巷口来风，尘土也荣辱与共时
这栽植沉浮菜树的地土，永是以硝烟为化肥
永是以开垦的星宿之微光
埋不下你收获待成的座位之种，在你以原身栽植旷野时
那位戴高度近视镜的来访者说:“别出声，我帮你以眺望点燃窗户。”

庇护永是在这一句暂未开口说出的话里那样，你就永埋在救赎的胸怀

哦不，是伤口埋不下刀刃，旗鼓埋不下火焰，你就永埋在雷霆不发声处……

噢，那些在光中打孔的人

我们无须再去光中打孔——
说我们即可以看见了透明，是的，透明
即是——取之不尽的请愿
即是敬献的身躯都已一尘不染，我们的身躯
已不是匍匐在地挖窟的影子
更不是黏附在旗面比血迹坚硬的飞尘
哪怕是恩怨掠起一丝丝的寒意和晦暗
即是——这透明的请愿所要包容进去的
即是——我们的身躯完全地融入光中那样
即是——那些在光中打孔的人
即是——在我们的身躯上打孔那样
即是——要在身躯上打出一个个透明可见的住巢

他们忙碌着，即是，要从这些孔眼
伸进手来，一直伸到隐秘的内心深处
伸进手来，即是要把心灵重又摸索一遍
伸进手来，即是要把像粉蝶的光放了进去
他们忙碌着，互相哀号着：“看啊看，这里没有贵重的东西
只有血、肉、骨
炽热的血、黏糊的肉、坚硬的骨啊……”

“噢，唯有心灵之光在闪烁！”那，即是
我们现在所要需要的吗
但请别在上面打孔——透明之光
便会在心灵上面漏掉，在请愿和包容之间
会把虚光的罅隙愈拉愈大，大到即可
把雾水和草袋塞了进来——也即可
把高音喇叭和油轮铁锚塞了进来——那，即是
再炽热的心灵之光也抵御不了强大的虚幻之光
那，即是——隐秘之光
永远上升不至心灵之光那样
那，即是——那些在光中打孔的人
相等于在阴暗的身躯上打孔那样
即是，打孔，会打出鸟只和珍珠
即是，打孔，会打出篷车和广场
即是，打孔，会打出喷泉和蔬菜
即是，打孔人，把孔眼打在眺望海洋的瞳孔上时
即是，打孔人，把孔洞打在通往花园墓园的岔径时
即是，打孔人，把睡眠打成家的窗台
即是，打孔人，把世界打成筛子的孔洞……
那，即是——在光中打孔的人
头颅，终将被光串做孔洞那样
那，即是——在身躯上打孔的人
自己的身躯竟是一只巨大的筛漏子

噢，唯有自然之光掩盖了一切——即是
犹似透明之光给予名分那样——即是
那些在光中打孔的人
永不可获得血肉之光那样——那
举着锤梯之手已经疲惫无力——那
万众之手已垂落在石臼和星鹿奔逐处……

流暮

要从你的病态里，长出暮色家园
已经很迟
这就是，正如你说的：尘埃拍拍会醒来
姑息不前尘埃反过来拍你
放眼深入白眼的骨髓
灯盏和水杉，这二者之间，从不会有残余

古怪的占卜辞，用健康嘴在救
像拍一只扁翅灶龟落入酱醋罐
像缺少曦线的油漆工头，摆水仙香案

用上二条橡皮线加上吊挂瓶，幽蓝色调的
捆绑从不伤害透明之家
掐指算来，还差一个释放之远
凉水已取代药液
说是肝火在说
而我的胸肌从不缺少层土，是由下向上的

我的希冀，重又回到尘埃住所
当黯淡，像石柱和鱼刺卡在喉咙上
这就是，听你说出的：死亡拍拍会醒来
当，十二行诗句换不回一粒土豆
就当作是一只盲目的土拨鼠摸索着经书的哀悼日

松绑是身体拍的、激情的第五块碎石，暮色之石

石头歌

滴水重在凿击石上泉之时
你的顽固之痛是否已被松散串线
利火永是你生活的所需
你刚要放弃的沉重处，却取自轻的内处

犹似风筝，还是风筝，这会飞的纸石
这向上的原幻之物
阴暗往往起自那里，露现阴暗之光

远眺推石人在拣拾落暮之足
画候鸟人在藤蔓丛生处酣睡
当钥匙重又垂放置地土的裂缝处
陶罐倒出的不是酱醋却是假宝石

水，放木排水，永不明身世之水
动荡的、洗涤的、涌出心喉处之水
瞳孔之晶，润万物生之水

挖大理石之救，它的液体之石呵

你的向上之喊是万世化石奔泻
你的生命未通向众悬浮星宿泯灭时
所有的石头都远离水的性
蚊虫的歌声飞入石头
沉寂比内玉还冷
不会发光的石头是蝙蝠蜥所生
犹似葡萄婴儿在光亮中浮游
能暴动的石头，却仅是距离花盅的践踏一步
之间是赞美诗与墙炉的通道
能击中头颅的石头，传回一声悠远的闷响
清醒者永在雾巢处吐圈圈
能以石头为头颅者，却被雕耸在入海流处
你的永不低头沉思者，永在万涛击拍之顶……

双意象以上

疲惫在吊挂青蛙的胃口
那是一隅池塘在以浮冰救赎冬天
救火焰填不入之嘴
曾几何时，骑着荷莲飞天的诗句
改学轻风吹拂，让飞过的蚊虫都香甜
让
一隅人丁渐失庭院，抱紧远方之石，酣睡

邻居那位终日折叠纸人之人

暗月攀附肩胛伴他培植理想的骷髅菜
但复活术引来故土一笑
像永不设防的悬浮之墙，像一句空话说给乌鸦听

而献给热血之王的水仙花盅已经枯萎
是在热血喷洒后枯萎的，幸好，赞美之刃还未惊动它
……

形状是一串未被红线团穿过的瞳仁
卧在不归路前闪烁
是沉寂，还未获得心灵深处的一声呐喊
听呐喊
救赎在无声处之上
是骨骼内处，从未听见轧钢的星火之声
是皱褶的皮肉未合拢时，被旷窟夹住的魂，拉他一把

你和我

门中门，人中人，明眼中的瞳仁之光……

脑壳关闭，不可能有来路
你捶胸顿足叫嚷着
你叫人，人应了，你叫佛，佛不应
佛隔着三重山门叫你，你进去了
你出来时成为捆绑火焰的炊烟

有求饶者，露出猴相，有脚趾落下台阶

下面却落下上面
像一艘无舵手航船在油画内打转
像你送给暗夜的最大礼物：未腐臭鱼排
再把七星排列进去
当黑暗成为礼物送回你时，我成为私了的忧郁诗

天亮了，天像一把未开眼的锄刀
把云梳夹给你的眉睫飘来飘去
是光太亮了，明眼里钥匙丢落在锁孔里
你伸手不敢去要
我重用写赞美词的手，去敲深渊之门时
你是落下的，润湿我们之间——，铸镜台
大理石磨砌之间
你开口说话了，说出飞禽和果树才听懂的话，我落下了

暗瞳

你即使从隐秘内处，把瞳仁扔出来——
你哪怕沉潜不进去，也是一个半毫米大小的世界
犹似失劫的苍凉间倒满暗星之水
永不可分清思想是唾液还是图钉的世界
就只留下睡眠的双岔径，容下悬浮闪现之身时
你也就以这睡眠未醒的空隙说话，说天的话
再以光当话说时，你也就把阴暗当钉子拔
你重又把扔出来的幻影之物钉了进去时
你所能看见的那世界内处，死亡像是绘画之作

那一位即将临近诸诗神的惊醒之叫的人，也就
癫疯着从内处走了出来，你以耳侧的沉潜虚光
看见他下垂的手中提着青蓝脑髓，胸前挂着炭炉
你再转眼看他时，手中的脑髓和胸前的炭炉，却
已模糊不见——直到，你再也看不见他时，直到
像空洞的瞳孔放大，被路过的盲者当经轮使

哦是，朗读时

刚才那适度过往之时，犹似女病人
戴戒指的手掠起悬浮烟卷之语
也是久未逢甘露、操手术刀人未被点燃时
天空随后会扔下渴望碎石，去堵塞仰视孔眼时
也是在蝙蝠未转变做篷车时
几只被圈点了翅的落伍之鸟逆风探出脸时
它的残梦、它的基督，还在空气中捡拾剩羹
它的潮湿、它的干涸，那合拢流逝水之岸是入喉菜
哦是，那抽出纺织线之时，即将重要去
缝合那血脉的断裂处几首学初春之叫、挨饿诗的回声

哦是，是那几位把离弃当含冰入嘴的疯想者
在撕碎裸体画布不成时，竟要在暗影中挖窟
疯想者也就是要在火焰中挖冰条者、用舌去挖者
而少数的不疯想者却强烈要求聋哑人去击鼓出声
如果要求不成，就等于黄昏还未过去，暗夜还未举起火把
大地之门还未敲开，菜虫之血还未流连成树，节哀之人
还未把经书朗读出声，他不是朝病人而是朝死者朗读的

如果死者在九泉下有知，离弃也就能喷出团聚之泉
也是临近正午的火焰之泉，喷出呼喊之花，喷出渴想的油轮

——哦是，在咸卤面歌的木板车未推近旧战壕时
难道是有个别已逝者要以火焰花和哑巴鼓过年限复活节
哦是，只要朝疯想者的后脑勺呼喊三声，便有陶俑之梯垂落

悠远而语

犹似暂不裸体者在高星上狂语——
黎明转瞬又变暗之时，采茶树者来了
她是带着纯白鹤啼要冲泡玄机来的
而去诅咒的皱皮者，却跟随一尾毒蛾走了
那是一位写乡野诗的人暂未变成恶之花时
从属于他的黎明未变成裸体者时，针绣画
也未变成烂番茄酱时，是有幻景刺卡在喉上
他也是孤寂的采集者，终生仍在花岗岩和泉眼间
他也是忍气吞声的奢侈者，永似占有宁静的君王

能语仍是刨剥苍茫的心手在语，在裸画者暂未包裹众星睡眠处

也是在葡萄架上的光亮充当不了另些人的瞳孔时
偶尔，他也只能掰开石块掬取渴望之水
这生硬，亦能掩埋之物，则是死亡钵体的存活
这亦能筑路取火之物，投掷的声响更为悠远
分别他写诗采茶不同是，终有沉寂之声不绝于耳
他确是遇见那位裸体狂语者，是从耳根处走下来

在黎明又从黑暗中转回来时，他看裸体的作画者
是扛着能弹奏键的卧轨枕木却不是带纯白鹤啼来的
——扛着是通途获得抱负所得，是在他改诗句敲石取火处

沉寂处仍有朗读者对于喧嚣的封赏，而裸体者改以书架对墓园不语

转瞬过后是早晨

是有一卷幽蓝词，自脖颈后脑勺间溢出
那似天际归乡的骑士，通过暗瞳照应时
披着双霞光斗篷，戴拧断的镣铐碎节扣
也带渴望下宿至万物生果房
而你能以转瞬去苍凉洗劫处，也投刀和箭镞
不适应这狂舞之语时，这转瞬仍是戏剧一具

这确实是有九岁儿童的笑容在此之间作祟
带耷拉脸皮的忧思要在内处待多久就有多久
而你的后脑勺被贴上字幕：从这即可通往云霄处

而确实是你的后脑勺处，被喊叫者投中石块
你才从转瞬的幽蓝调中醒来，醒至心胸时
那幻影骑士已改作筑诗行堤岸的朗诵者身份
那通往的、犹似风中的修道院骑上滚烫画词所生
你不在死亡之中醒来，便重又在生命最脆弱处睡去……

你，门

你的门总是在悬浮的岔口处闯道——
在你为自身探望前往处，钥匙还握在手上
犹似一棵光秃树当作翠绿葱茏的门户
卡在通往泉穴和坡长处，也在众鸟旋舞星宿处
直到更多的人扛麻袋推酒缸拥挤进去时
钥匙才从嘴眼扔出，那是能透过万物之光的金钥
在淌着泅渡的蜜，碰撞出双身的呢喃潮语声

在能去重启险象环生的韬光养晦时
是有高耳矮身者以刀卷和火柴药棒填补裂缝
世界变幻莫测的裂缝，犹似那扇悬浮门化身
而你的探望之门是获得一堵间距墙的委身
才徐徐洞开在唯心胸相连的筋骨钥匙处
在内处，确实是有已获得经书狭隘病的人隐秘非凡
在外面，仍有劈门造抽风箱之人挑衅着旷野一孔

幻影的喊叫

在五个人的喊叫合成一伙时，就成为风吹
但这暂未成朗诵之读的阵势
似与面前一隅未被云雾合围成图腾的原野无关
若是这五个人停止了喊叫
风吹的声息又回到宁静处
在稻草人已被鸟群读成聋哑时
在偌大的一束光已把一棵孤寂树牵成船坞时
在新店溪的上游人扔过来破铜锣闹社戏时
若是这五个人又开始喊叫
这劳作之声赶到风吹的声息前
在这五个人为着路上的一片沟坎铺垫着什么
犹似偌大的一把钥匙开启横亘地面的沉寂之窗
在这五个人未散伙之前
不知会被自己的喊叫叫喊过，被原野的风吹吹过

痛苦是零

一直是要离弃痛苦，所有的人都要出任
岔径的较量，光却拒绝发表引领的意见：
我保好学着把手臂放入自己的臂弯

用一页写诗的纸擦去脸上的露珠。
我笑了：在没有心灵负担的缝隙之间
倒是分来一些幻觉，并且，说出预见——

我是在一个渴望的早晨经过它：
养蚊的早晨，然后像解放前的传单散发
但一阵光辉藏着烧焦的守护者的头颅和烟囱
我私有秘密的臆想片段，差不多已分泌用完

带松针的夜晚

它被针筒包扎着的身体。是的
这无衣袖的夜晚已经结出复活的苔藓
也缴械乌鸦的染色菌——

那么多虚光的管道我爬了进去，那些
蚂蚁张大眺望星颗的眼孔……噢
移近黎明的夜晚逼真得像一辆银制篷车
幻想蒸发掉的小米，钢枪和棺材
可以想象到它，高过刑台的头颅——

它的异常似乎来自“露的暴动”
对于呼声，我垂下那名氏串连的样子

有阴影披散开来——好像等着
静止和惊惧的尝试

我呼吸的雾气已转换作新血液
风声把摸过桥墩的手洗了一遍又一遍

方向不被自然所包装

我的身子有“身体被移植”的气味
那轻微欲望包围的回声
烘出更多的疑想
有如撕开白色，用过词的矾
比白色白，它已临近纯洁

昏暗统领者的传票
使欢乐灭绝的
还是欢乐——舒展体内的枝叶
方向不被自然所包装
在我曾吮吸光辉成为食物
四处溃散的时刻 它比坠落快

分配的思想，有益来自忙碌
作为形象木的衣衫未免单薄
作为精神鸟的居所未免无价
作为梦幻或是国土焚烧的燃料
身子的书籍，像传递火炬的统战部
偶尔经过使用的幻觉，在把我镇压……

醒来的梅朵

片刻的呼应，就是片刻把我塞了进去

沿着幻觉陈旧的脉径——抵达
像掰棉似的伸过来一双熟识的手

早晨的光把玻璃排上的斑点扩散，顺着
烟囱举过来扫帚的静止
广场的另一端市政秘书长做完环境卫生报告
多舒畅的口音，宛若鸽子落下的风箱
风轻轻一拉，屏幕一般的美感
我落了进去

别忘了——似乎从光中挤点蜂蜜
幸福只是其中的一瓣
我知道什么都有了——心灵
接受多次辐射已膨胀变做深渊
绷紧早晨人流旋涡的干劲——
光中的推土机卷过草地，驱散它的清寒
我是知道的："不要再用馨香喂养狐狸。"
不再阅读一本书上说的"遗忘皇后"的艳史
广场的半空中列队走过天使和赞美诗
回声消失了，那操劳的逝者也饮露醒来……

个人的忘却词

对于个人，忘却词并不是关键的
正如传来一辆生锈自行车的脚踏声
在我的印象里放入月亮型指节

……
一座水磨的新教堂却养满丰臀的鸽鸟
我看见风的角儿——敲着午夜
它嘈杂的音息，稀星也是油腻的
受贿着世下

“并不是所有的阴影都会变为心中的梅花鹿儿。”

结束的劳工——似乎约到一台探钻的脸
风是它辐射的社戏
我听到了什么——像口哨
是老老的蝗虫吹给锅炉听的
借此飞走的孤单已变作节日的盛装
……

上曦排比句

在阴暗的左侧，似在练习排比句
你一句他一句，石头的腔腹另一句
罅隙凿之，酣畅的榴莲食之
歌诗在流浪的街头
天渐亮的另一句
在家养猪协会的门前，千手值更罗汉
掐指算来的香炉另一句

安详也掐指数来，而盲聋者不再卑微，而敬仰者
不再长跪地上不起，在曦光包裹石阶的另一句
荒草的另一句
攀沿的另一句
骑雾的另一句
远眺的另一句
而幻景以双身的一句：永逝者都将醒来
不醒者却会埋得更深。在心胸未长出大红袍树时

在日夜扫地的奴仆暂未饮上虚凉神茶时
谦逊的另一句，而阴暗则以蟾蜍皮脸，发出邀请

来吧，这夜晚之花，是你的

夜晚无心滴落向微开的花蕾——
这幽禁前的不坏之身，犹似幼禽睡眠
稍不留神一觉也不敢去触碰
瞎天使的永远之巢。而上升却找不到出口处
读不出馨香的朗读者，画风俗画在后脑勺处
去救投石问路不成的丝线攀缘者
那也是些个别疯想者，私自从后脑勺处走下
这上升的夜晚之花，仿佛必须由他们的血丝养成
他们悄悄走下来，鼻息大口大口地呼吸着前景
若是上升不成，下降却被这血丝线捆扎成团
脚腿吊在手臂上，胸脯吊在脸腮上的那种
这夜晚之花，幽禁前，已不肯去跟随天使
瞎盲去盛开，是这之前，天使繁忙于生育幼禽
在睡眠未被交换作馨香的朗诵诗时
在寻路者未以丝线扎成赶尽野蛮的岔径时

夜晚似已是这迷乱余剩的通往处——
有光，也是这花蕾的奔放，若花已幽禁
你找不到出口处，你就，沿着光的通途来吧
从光通道进入花的血脉，以此去闻识天使原形
闻一闻神明和人肉的气味，不同是真的
早晨已降临，纺织车的转轮，已牵线转动
另外也有个别的一二辆找寻爱恋之人的银色篷车
已缓慢驰往天边无际的合拢处，你就信心来吧

这夜晚之花已不再关闭，这瞎天使之心已完全盛开
你来吧，你不带着忧伤朗诵诗，来到光和花合拢处
你来了，你已成为空心影人，成为一朵临近正午的火焰花，在飞

宁静的画者

犹似混合的漆料，你来吧，斟酌者——
你就永跟在一棵抱石树阴影的背后
但你永不可跟着一棵光秃树被劈成柴禾
制成火药棒，去救赎另一处的宁静

即使热血沸腾对着冷寂“嘘”了一声

也是你的能将曦光和成蛋清饮服者
你就敬挽而来，在未被梯子阻隔的通道口
在你未转瞬变成画松柏和英雄脸谱的画者
你最后还是来了，把硝烟画成松鼠，把幽灵画成马达

即使路过的失盲者误把蝙蝠朗读作散落之锚

新摇篮曲

我知道幻想过不了今夜——
我只听你伸手拔我身上的刺，在唱歌
我看你唱歌时睁亮的眼睛，比知更鸟美
我总是被这向上的天籁之声唤醒
当酣静之眼、重把我放回世人毫无知晓处

稍微亮过陶瓷的光很洁净
听书馆连环画为着沉寂打开
我的居室之静仍被水仙花含入瓣嘴
里面是有来人了，面容憔悴但仍是处女身
我知道忘劫之哭哭不过今夜
今夜不再有忧伤之水，把脸盅重洗三遍

微风从十指合拢起动，赞美诗套入戒指
挖星填窟的开垦者，错过了佳期
就在他旁侧的倒下处，放乱石入情感之坟
就在他宣告憎恨之处，重站起举树旗之身
我知道有永不坍塌之意，回到母亲扶灯纺织处

我知道流逝水呀破腌罐呀，都在发出复苏之声
我知道生活和真理是已提前到了诞辰的出口处
犹似失志的少年，已在火焰和海洋践踏
哦不，是一群孩子的微笑，在缭绕的光声中扶摇直上
哦是喜爱鹰和虹的孩子，你们就再在光声中睡一会儿
哦是爱哭喊和唱歌的孩子，就在葡萄和螺号的家中慢慢醒来

说唱词和墙

沉寂时，像一辆破自行车在花园旁打转
像举起象牙筷子
夹起豆荚给闪电喂食；泪滴，雨滴
混合一起
在泡成泡菜般的说唱词，也有一台破手风琴
是种在桉树下身上的
刚好可以用剖析刀去剜；也是
剜出泪滴来时
一场翠鸟大小的雨便就从瞳孔落了下来
提刨冰刀人
也就是提着一小具雾猫的肉体，在空中
耍着技巧
果酱似的预兆之人

而当黯淡未曾填入饥渴内处时
面前一堵墙
也是以说唱词在种的，以旗掩埋的风
为种粒，更也把
肚皮鼓和无蜇皮海种在上面，当，仰望
垂下无韵诗句笼罩的眼脸
天空，看去——也是一堵空荡的墙
会飞的墙
鸟是它穿入套裙的武装双眼，说武装就武装到
唱喝和饮歌

替代了光不可以弄湿的所在
也像是流浪汉，把拉弦当蜂蜜
抹上路灯的教父脸，让救赎打滑

这也是生活

你的软骨藏头诗，已远离忧伤
石头远离喝的水
翻白眼人把乌鸦当来年生肖
想法到麻穗遮拦下转了一圈
回到纸墙上，上处冰窖的家推不开门
喊破了喉咙
把你今生讲的第一句话，喊出来也一样
是在关门出走时，想不到会被喊在第一句话里
见面诗远离唾弃时
委屈一词恰好刚跨过掩埋的肩胛

犹似挂满金钥匙的东逝水树在响
你挂起搓肿夜胃的壁灯，放光进来
放隐秘物出去
在毛利犬啃不着骨食叫得更欢时
在蝙蝠粪便把大个子章鱼消化做预言时

你原是第一个把沉寂讲聋的话——
愤懑已消融，已和胸怀处的火盅联手
是流离失所的幻想和失想联手
以风干之手举起大沼泽润湿之身

也是以翠绿唾弃坟茔，内处的人，却从不把自己
当作死亡，把死亡当挂灯诗看：是呵护脸在洗忧伤脸

捡骨诗

我像是未被知道的存在，我的腮
我的日常所闻，所作，又欠下一首诗
来自疲惫充血的眼神，我写下心灵
像刚从虚无源泉的那边游说回来
常给事实不可辨知的死亡图纹

但现在都是可领教的，医院和动物园
都在进行强制肉役的基础程序
没有能力，分配给一位健益自由的管理员
“唉，光中挂满叮当作响的玻璃器皿和熊掌。”——
痛楚又修了一课，风的密友
我有几次真想汇同星光一起沉默暴发

昏暗里同时有人制造自己的温床梦马
有人想把伤痕斑斑的名姓刻上星辰密布的高崖
噢，那么多积聚荒尘，名人在摸垂下的眼睑
那么多眼睑，剩余下来，就只剩下未知数……

袖珍鸟儿说

是未被磨平的意志，欠缺着——
那些来自乌云的大脑的房间的经脉
但事实是面对（并不改变多少利益）
但“时光大面积毁坏。我被缩小。”
但路是温床了。书说：“是风尘的食粮。”
和聪明的小黑獭在泥水中要尽的技巧

我观望如同自满。“我需要学类似的肉钗子。”
时日一样，“我有足够的勇气进行较量。”
是否在黑暗与黎明之间绷紧光的弹簧——
那么多针筒吸管被收拾干净
和为着一个高处的不安扛梯子人抖索的步伐

我为之充血的内心证实了这一紧张内涵
现在平静，书又翻开一页，劳作慢掉半拍
风停了，视线增高……
意志种植。思想之箱对着一个灾难的世界敞开
我对着一只袖珍鸟儿说：“天空是义务的。”
我忙着把手中的工具折叠，把窗户打开哼哼歌曲
光淡淡地照着我的家乡闽南旧镇，少些昏暗，少些自卑

闽南布画

那些身影似乎来自声息，罩着
玻璃型的脸，并且对着红木课桌
讲出粗野的闽南话；我是看见
被折掉一半的楼房袒露出意味——
做梦的所在任其车轮压过

欠缺的都得到事实。好女子的手
将发霉的宣传画处理掉
买滔瓶的人，在伤心油巴的一侧翻布袋
哼着口哨，似乎天天有年货
像一台破钢琴从昏暗中搬了出来
我看见蜘蛛网也染上乐声——
说它是一个神迹的来源

也未免不对。没有说出也一样
时间仍然沾涟。“但时间可以切割。”
我偶尔伸出读书的手应接碰撞的响声

你无名被叫

你无名被叫，叫者以无嘴

那些墙就是沉静之风
那些无防护林堤坝，就是潮汐之乐
那些半空吊挂车，终有一时会把吊挂人
倒掉

你叫她人名时，她人成万香之花

象征词树
假装成酣睡池塘
再假装成一座
无主持寺塔，合抱在火焰之上
没有头发之人
是爱上狮脸石像之人，画以神秘
凌越万国泥石流
在云雾吐舌的腹部之下

脚从，闽南
走来的闽南人
把淤泥，装入遗传的腔袋
把淤泥和脑髓，雕凿成水仙球茎

你叫出神名时，刀刃在辐射

有骨气

死者在活人的眼睑之间
如白肚蜘蛛转过书背
那尘封暗绿
记得用过的思想，撒在颓废处
那烧不烂骨骸

碎片取自喊叫尘粒
原是睡眠和意志，是受控仰望外的星宿
灵魂无声喊叫处
从膳室集餐

那烧不烂骨骸
永是层土在用餐
那是即将靠近火炬之眼的骨骸
就是想重在组织铜绿肌质
来自插旗和云车
种植愤怒的石棉花族园
在从膳室，在风尘的星宿
有双心灵时日
把活人眼埋进去，把死者脸顶出来

记忆

记忆通过脑脸，落向野外
再通过一棵枯朽桉树
落回沾有羽鳞的手指缝，露出嘴腮
霞现稀光
永远停留那里

曾是衣衫褴褛之相
在翻阅的书上被先锋词革命刨削
幽灵游荡
胜似石阵规格

是装进奶瓶的透明云
是任其观赏的精灵活肺，久遇的
能把忧郁诗句读成姐妹的白鼠狼
它们重把笑容装上脑脸
把桅帆插进海洋
把马车赶往广场，银制篷车
不是坐着王者、月亮，却坐着空无一人

树心脏报告

还把颓垣
贴上你还未结疤的脸
上面
曾经不干洁报告，像砍伐脑汁的树
是树，以爱情之身喷溅果酱给你

以星座上的养鹰隼人诅咒

光线交逡也以重放烟幕
围拢带路族旗
心灵
却总是躲在内处
掩藏在暗处，差使血和骨
差使背负辙石时辰
给死城

溴氧水涓流和香料加工
和造纸业、通途的
你，终以怅惘之心仰读的五部颂歌
你像，向暗月放养鱼活腮
更多的巨斧劈上梁遗迹
给死城

重逢

猜想的第五个幽谷。冬气
在揪你耳朵，星光未阻滞的耳朵
我的爱情借口走过你的肩胛，影子
会变作在
火苗铁铺和葬满空格墓地的双影

喊叫使慌乱肃立
那些未念出的暗示词，耳下之屎
那是些分泌天声
劳役的爱情只留下枯槁榔头相貌，是你
反过来以肩胛走过装进幽谷的胸口
借口的隐秘之窗
生命只剩下困顿耳语，这仍是仅有的

生活的号召

偏袒语气，不应闹出动静
不应
在没围墙住宅
约见那位，爱情蒙面目人

喜爱放入双壳蜥吃花蛊之人
折骨肉与合拢书页那样
不应讲话语气轻佻
喷溅微些星糖给光棍党
给
剃头店里，集合落魄之人的人

眼神一瞥
也未曾丧失号召之力
只身走出圣贤书
骑在路树之上的背笠之人
身体反过来围绕光，当棍棒使

偏袒语气，是，被爱的身体发出光

不是赌气的，更不是惨淡的
重获生活之人
朝向围城一笑

生活之心

生活 不是 人们 能随心所欲
设置 马达 铆钉 滑轮 输送带
生活，不是 产品日期

艰辛流水线，光线
扭曲未成形路线。剑麻挑起脑脸

敞向前赞美诗，在石棉高地出笼
吃冰激凌灵魂，合手心在一起

手深见不得心
手迹印不上世界心灵
手心伸出生活之心

花神以此神奇所编唱
如果采阴者是月之子，确实是
在缺日时所生诗之子
坐上双面皮蟾蜍的篷车，坐上
向上的，喷薄的
不黯淡挂火焰轮车

以原野造型种植百万胸膛之园
火焰 火焰 火焰
生活 生活 生活

暴风雨的瞳孔

死者，在写灵魂
交逡不屈的诗句中
倒自己发霉的骨灰盒
倒向深眼围拢的窟窿

贯虹之语，你的
助手，专为倾听掏耳洞

想法第二次
置于色彩斑斓 瓶颈
在为烈性的理想之战
在好心肠打破空瓶房前

祈告之舌，轻炊缭绕
赶无舌鳄鱼，在石星末端

在高贵未重去迢市
那是攀骑仰望上天之词
在以美貌病态
糊成纸人，白石膏像之前

慎微、顽强 你的，底牌
再向生活鞠一个深躬

灯，不释放残留

暗光下，你在修剪脚皮，残碎的
不再落向实处的生长
生长是身体之魔
生命的梳子和鳞片
层叠，抠出手指与瞳孔之间留连
之间流光的空洞
轻薄仰望刚好以蒲公英入嘴

内处不祥的沉寂者，强忍着
把睡眠捞出眼睛
似乎失觉，睁眼即碰出死亡原意之花
熄灯等于一只芒果腐烂的查孕

遭遇固体水者说
刚好遇见凿石柱为巢的微风
伸手不提灯时，腭颈会把吹弯的思想埋入
膨胀再掏出时
不灭之灯却提在脚上，那些卷宗已谋合
远行者
有眼失盲者
把路当灯看

谁能用手握住“喊叫”

梦像婴儿扔过来。还夹着虹的脐带
是时日增添一份礼物。从一数到七的那种
也有哑巴乐队成立的事。和造鼓坊赞助一笔
不菲的庆典。我突然醒来会被虚构的景象笼罩
许多老人变作孩童时时钟也变作葫芦

石狮恢复衙门的尊严。恶的雕刻师
比不上一只斑点犬进出自由。有夜星帮助
会使想法更为紊乱。我仅是静寂中的一粒分子
我翻开一本备战手册。我望见：子弹与蚊子
飞船与玫瑰，互相用遗忘赛跑。死亡是其中的歇脚

而诞辰是将被洗去的污迹。快乐也恢复原样
谁能用手握住“喊叫”。谁又是用脚听懂
双手忙活讲过的话。身肌混杂有时会
显露得更有雁阵水果气味的秩序。我站起身
从一扇门到黑暗深处，这，会再是分解的肉片

引进的变声仪测谎器那样。变美的人儿
即可在自身上栽种出芦苇来，它比玛丽亚神奇
比宝塔山的光辉圣洁。它真的，是用头脑奔跑
用心去击鼓，用握住“喊叫”的有雁阵气味的手
去跟哑巴说话，说：“好样的。”灵魂也像婴儿扔过来

美妙闪现一瞬的脸

美妙忽地会生出腮来。我的脸
被你的亲切呼吸过去。脸和脸重叠一起
像是另一重天。看见找不着北和软的墙
摸索上去的花。看见眼睛里的喷泉还未干涸
似乎还有蔚蓝的一滴在等待炽热的侵入

旷阔但比心还深。痛苦和幸福的共同体
还联合善意撒谎的解说词。听见装上木匣子
悄悄追踪着比想到更适用的那些蜂呀星呀
还有清晨举向海洋的双桨。也有举手换旗的人

要把暗中的美好守护。脸朝飘动的背影闪现

把响雾烤成鱿鱼的形状。这样，脸的声张
就是自己的吸盘。火焰的吸盘，盛产花蛊的家居
花落了天亮了人们结群走了出去。仰望和
下降的梦想和被推土机推倒的楼舍重又
连在一体。这样，脸便会成为磨刀的一面
十足的勤俭者确实在那上面风光了一阵

有爱也成鱿鱼形状展开。我假装伸手去取
着落点不知落在何处，伸出的手却擦去尘埃
擦不掉的是水晶。我再伸手往脑里去捞
它却隐得更深。脑里藏有思想的脸和船
分别护航在两边：一边是美，另一边是丑

当忧郁通体透明起来，我的身子是玻璃……

“当忧郁通体透明起来，我的身子是玻璃”
高兴是一只没有内脏的爬行壳
先行的时光把颓废押在里面，摩拳霍霍
似乎一阵霏霏细雨飘过以后，我被点燃
在靠近红色食堂的一堆干柴上和曙色相同

片刻的天空低得如一幅标语。那个国
会是背负批斗的美名任由风云宣扬
直到那上面落下个灿烂糜烂的塑料狮鱼头为止
我行至一个新建的造船厂为止。再老的树
也都长到水为止。我坐在上面，我的玻璃
会从落日处扎出围绕心脏的根须

“当忧郁通体透明起来，我的身子是玻璃”
阅动的书可以从背面看过来一样
看脊背写有“忠”字的人。死亡分成三个鼎
最后是用七步诗埋葬了五谷。尘土都可以
咽食的年头，我不再说：“爱是圣贤。”

泅渡与剃刀片哪个更能刻画？很多事
平静以后才见得了黑白分晓天下
有烧焦的鸟拖着羊皮鼓一闪而过。而星座由谁拓荒

光亮印入身心逍遥。苍蝇和枯草籽也能搭配的诞生日
一只眼睛说：“你好。”另一只眼睛说：“地球，请进！”

理想的一句话说到谷子处……

那儿的明亮是复合物，用来想不如去做
做到长廊通往天庭的尽头——是理想还在做
是人都成为铺垫。像一株植物需要大地一样
我需要自己为着行进中的生命付出代价一样
让我真诚说是：“付出就是一切来源。”

即可从折枝的断痕处查出本质的历程
锯木厂却倒闭在一群鹭鸟的攻击之中
那一位拉锯的师傅说：真的锯子在手掌深处
他说完话抬头望一望风云震荡的天空
然后再垂首看着自己足下的大地表面。那些

正忙于做着搬运活的蚂蚁，生命更微不足道

而风吹高过城墙，危险便就来临了
死亡若能悬浮上去便只有用光辉掩埋
它至少是让蔚蓝抽出诗意和理想的芽绿
然后再使枯草奉出怀里的春天给读书的孩子

事实理应是要我去理会善义。伸手把
从榕树顶上不慎落下的一只幼鸦放了上去
瞬息让自然有了保护分量的人为举动能力
体现在万光的折射之中。这就是敞开想去做
去征服美妙的距离。而我，甘愿成为阶梯游历其中

我是造阶梯的人，我却为着去攀缘阶梯到顶上
付出生命放生的全部。忽然，我会成为这阶梯松弛
间缝里迎着外面的空洞长出来的一株含苞的谷子

落叶说

落叶上葬有星光小小的墓茔。树的灵魂
也在里面铆个脚钉。微风乘机也把
峭壁上攀登者的身躯吹得比标本轻盈
在我伸手接一枚落叶我感到整个天庭
的重量就在上面。这是，撕裂秋天的一枚落叶

也是提前通知日月换天的落叶。报好事吗
报平安吗。煮果食写诗志的人说：“织叶可去邪屏障。”

“拂叶可泅渡。”在自然腹中
我能遇见印第安人用阔叶裹身驱逐豺豹在帐外
像也把豺豹包了粽子。听闽南人吆喝：“睡桅帆了！”
就是睡在火焰的最尖顶梦想
那些滚烫的海水不正是一枚枚愤慨撕裂的落叶

松针穿透苍茫那般。我的心肠
却千疮百孔焊接挺拔俊秀的诗句。赞颂
雷电也赞颂木炭的诗句。偶尔，因爱由恨
把心灵比喻作落叶的元凶。在风光境外

而落叶自身有心灵吗？美妙轻响的植物
真的连大地也不敢磕击一下。有尘土和炊烟
的大地呵难道你已失却了重借落叶成熟植被
荒芜和沉没的时机。在岩石也被炸取梦想的时日
落叶是它的最新图腾，生命及灵魂的图腾
木质是它喷发的岩浆，纹脉是它纵横疆场的线路

轻盈有多轻

轻盈下去会轻到没有？我的小提箱
空气是空间的全部。像我郊游回来
清朗或荒芜是记忆呕吐物一样。过会儿
结出小翅的屎壳郎迎着暗日飞去就是剩下的
此刻所能触觉的，唯有轻灵不被光包裹

那里，水比玻璃多出一面游历。我用脸

探触进去——液体的荡漾的都是反面。天大的影子
反射回来，我像是没脸见人了。糖做的兽
随着下沉衬托出：“由衷的渴望。”我这样说
行动更是掩盖。也是光剩下的
似乎能想到的是对自然的一个弥补

有窟窿处就有葡萄。就有话意固执的家
在绿色中上升。这样，轻盈需要的是藤蔓
并不是受到洗礼的阶梯。我能到云端放牧
旷阔一样。这就是违背现实的：我自己伸手
揪紧自己把身首扔上去，扔到顶一样

闪现也是光剩下的。现在我善用解剖刀
解开一粒弹落在松木与象骨架之间的光亮里头
会是怎样情形？灿烂之卵还是灵动之精
还是真知灼见的源头。光亮最里头：“有蔚蓝宫殿
和虚幻医院搭配的种。”我这样说出，这样一把
解剖刀。利光一闪：气泡已把混沌生育……

把光绑架了，也把光撕票了……

要天来赎讨吗？不亚于一场
没有生命形体参与的战争。连同太阳统帅
也是虚拟出来的。而我已把游牧的星徽
装入已启开的罐头盒里。就是梦想
躲在暗处等待收缴价值不菲的灿烂和辉煌

宁静也是闪失带来的。住在象牙塔里
读书的人怎样也想不通道理仅是一个诱饵影子
在河里洗净脏物也一样。有树花落下
也是它的胃肠。有虹是它七色的绳索紧紧捆住
航船、旋涡、吆喝。苍茫云涌也是总动员

向黎明的前奏吹响集合号。我开门
竟把旷野撞了个纰漏。具体是：忧郁的盼望
转过身来向痴情的稻草人敬礼。群鸟，兽足
火焰和风暴的帮凶？已成这一事件的灰烬
和我欠给秋天的一首赞诗。我改说话用朗诵：

“把光绑架了，也把光撕票了……”事实，光才是
没有主人认领的主儿。光的领袖角边
敞献两边磨蹭它结茧的黑暗。而瞬刻的破败
是铜币抛向空中的弧线。也绑架天庭的相切线
生命欲望的待遇是：一端是梦想，一端是光荣

世纪的脚诗

嫩芽能有世纪感觉？砍柴的人称火焰是主人
而泼水造冰的我是鄙人？在诗意一角
给世纪当差。世纪戴着长筒帽子，雾渣和苔迹
经历长年累月已卸去陈旧笼罩的余晖。还有破齿号角
会随同吹动的音息一下子倒出几只小小的白蜘蛛鱼
耀眼得，这些又像吞食风尘的使者恍若隔世

幽暗分行作著——我却把它塞进左眼里头
拔不得的则是那些图钉已成墙壁暗香的根
我想坍塌之骨仍是可能。它可能延伸是：欲望密孔
我想撑船过江东摇晃的桥孔。通往的不是人家，是
家人分开住的幻想枕畔。想来，幻想偶尔成一粒肉丸
我强行把它塞入嘴里才发酵。说“咕咚”一样

幽静再分行更似一支民防团，不但救火也救洪灾
救蚂蚁和蚂蚁背上的一滴甘露。世纪来临，我
口渴得厉害。是我落水张不开嘴巴叫喊。更难
一睹火车驰过山峰就歌唱。“遥远已被美姑娘融化。”
树荫下的光亮例外，其实，写诗的我是从融化中回来的
伤心顽冥分子。世纪帮派，永把我按在融化里面

那边的埋怨更深。伸进的脚是因由，世纪的脚
踏着船也踩在虹天上。脚几乎是象征什么
橱柜、月亮纽扣，还是枫叶能生出锯子。而掩盖
则成狗熊在舔舐光中的伤口。之间，是有装滑车的人
把世纪分别在雪和西瓜之间。天下，已不可收拾。世纪
反过来用脚在踩我和听看我，像先知，像留声机

游泳之歌

在光中游泳的，是有斧头一样的身体
是有鱼翅拨开清波。而我在水中游泳
却是粼粼动荡的光，炽射向前毫不停息
喧哗清凉是它的苔舌。呵，我的火焰的水

我的愤怒的荷花怎能止住空间的干渴

那么多啼鸣的鸟儿，它把“飞翔”叫“游泳”
我仰望，被强光刺中。短暂的幸福牵牛星
和莲籽菜围裙在门前。是有斜角的召唤
刚从修整的阁楼醒来。在刮风和下雨时
是有歌谣一样的外婆桥把“游泳”叫“梦幻”

阡陌是岁月在游泳。我驻足是脚在
道路上游泳。有煤块和车辙是沉重的水
光中我漂浮着和下沉着都一样。我绕开黑暗
是彼岸像蛾子在葡萄灯园游泳。我歇息
是劳作用吆喝在静寂里游泳。静寂游泳我

即成时光的双桨。写赞美诗是死亡在里处游泳
押韵它的泅渡。……
我恐惧却犹如骑着一头绵羊回来，祥和
是我的祖国在草原和海洋上游泳。祖国
我的鱼，从不游泳，它是水和光中的活本植物

风停止就用光吹吧

风头正猛时，我却醒得比知更鸟慢
比这更慢的梦像椰子树的粪便
乳白色的精灵甜脆得即可喂食
暗日那疲软的腿肢。我醒来是我的仰视拍响我
总是听见风声里有温柔的钻头说“砍烂”

灿烂讪笑着似乎刚跟屋宇发生关系
我突地呼喊过后的嘴角明显合拢了寂静
衣衫单薄折射的蔚蓝之光有船帆和鸽群重叠
似乎奥秘已被它们喂饱。我又忙着把旗插上去
毫无间距地，慢慢把方向插成钥匙形状

拆开是新与旧的对答。我的脑和脸
伙伴着用鼎煮“顶”一样。我鼓掌是锦上添花
沉思中霞光替代座椅。泥土的幽灵
抒情诗里落叶当马骑。朗诵骑得更高会是
知更鸟要我把一座城镇舔舐成疯狂——慢，是我的居住

清朗我需要的交往。身体的织布机传回月亮底片
那样纯情我，风别吹！让
从眼睛上走下来的光去吹吧，把黑风吹走
把铁塔吹来。把银鱼吹成坝岸，也把螺号吹进
我的耳朵。我耳朵协助光劳作是：把海洋折叠成梦呓

土著的语音

土著的语音像是苦菜花和站立的泥土原样
是摘花人和雕塑者的火焰
我是在一棵乌鸦树下学语时口齿伶俐起来
和对着身旁的人说“爱”或“是”。口齿吃鱼也咬断绳索
也让给光暗外面思劫的人儿听见
在里面有更细小的心跳频率分解担忧

能够忽然被一粒尘埃击中的门脸
这些能够自行飞扬空中的游说分子不分青红皂白
即可把指责的抑或赞誉的事扩张到一个国大小
猎叉和芦苇荡里的番鸭，学得了一二声来历
说是：上神化缘的唾液。似乎莽撞也温驯下来
或屎壳郎种源研究所位置放在粪便上面

“阳光中有赤身裸体的父亲，一株优良品种”
遗传基因和搅拌机，棒槌击鼓的那种
我独自一个渴望印象等于期待一场春天音乐会
源头来自榕根的密布，还是城堡方圆的记载
有看守墓园的老人对着青草念咒。而红耳猴会突然吼叫几声
在牛津大学学堂里刚朗读的英文书撕裂缤纷

海啸被装入原音的盒子里。放飞鸽群取得共鸣
这些都会用尽身子去苍茫的空中播种。转化、虚幻
来调整词不达意的脉筋 爱情和诗行那样
对着真诚表达就是。水枯石烂，那样
而咿呀嘿哟之乎者也可不是盛行的年代喉舌
它流行“你好！”“平安！”已盛开成神心一瓣

这一天是第二天的疤痕

这一天出来了，是第二天踢的
排比句挑中雏菊那样。曙色按捺不住
正在欣赏做梦的没有梦的人身首异处

长腿鹭鸶挽起裤卷在觅食。虾是霞了
我高兴是弓起脚向上踢泥巴也是霞了

不高兴是天上会有死鱼头落了下来
它们是比守望的星户，还善于隐秘
我明显是收拾它出来的。这一天是套在脚上的鞋
跨向水洼地和望远镜厂，它反过来是把天空
踩在脚下。
……

是的，这一天在美妙中求生存 我也用
做口琴的阔桉叶换来露水晶莹的饮食
我是说:“多饮露珠的人们，身肉处多琼浆更好些。”
这一天便成为长颈鹿头上的喷泉，阳光中的喷泉
要自然来得清凉葱郁些，更纯净轻盈些

欣赏它如在抽搐空虚。这一天也是空的
如蓝色广播重叠在驳船的拖网上。练空中翻的
马戏团也用了强硬意志把饥饿的狮羔当作伙食
直到围观的人都用腰包把这一天掏空了。这一天
是像鞭子抽打着，恢复的奉献，第二天刻骨的疤痕

天使与乌有的游戏

可能是我假想的躯体还给一块空地升起梯子
我感受着如同在光亮与潮湿之间舔舐新鲜果子
“可以是与旷空浪费的白色相似。”

直到没有……有一些话已经还给沉重
变化的事，像我手中转动的橡皮齿轮
没有预约的死亡——但变化是新的
也使指甲边角互相刺探的肌肉战栗
那位口吃的人，披上纱巾，像染上机翼玩耍的疯想病

沾着一些亮色，是与星光对抗过
话语没有说出，事情未被变化变换过来
我望见是与昏暗边缘的血迹有关
我忘情有如强忍着把另一边收拾掉

医院不是果园

这就要飘了进去，纯的气息：
在面前与马路之间——伸出冕朵
像晨雾在描述心脏和芒果的条理

但一间药店传来鹧鸪饮血的话，说着
也要把生化年代吃了进去
多么像是一篇毁林报告在夜间的广播发放
大家都醒来：搓着月亮的胃
看推土机脱掉裙带，和着门窗静静融化
偶尔有蝙蝠抱着孩子跳梁离去……

血水世界——其中幻想多么的净朗
在灯盏与吊针、椅子之间
活着似乎已退到了宽广的中心

我甚至可以付出——快乐和满足
那粘表在身上的虚荣都已渗入尘烟
还有衣冠不整的药剂士抱着挂梯瞌睡
呓语随钟声传来：放疯子进来吃草
我还看见：黑暗中裸体天使露出夜莺的脸……

痛楚过剩，但不空谈

痛楚也是从天上来，但很快也就被第二天
门窗外的会与星光交谈的尘埃替代
隐秘作不间断的耳鸣那般
是的，我偶尔会被暗合的忍耐捡拾起来
在手上拍拍衣袖伸出无名指指着天说“好”

光环一下子也变得那般亲切；
我佯装一回将想好的诗句折成一只纸鸽放飞了
刚才那任由撞击的心情仿若已回到泼水拔树的场景
“有那么多疤痕的脸从花丛中探出。”更内处是
理想的胚胎还未暴成云朵的芽。“没有”就用面团代替

液体的立体的塑料梯柜型的呀哟嘿
停留的话用脚把手按住。路是从手上伸下来
收缩回去是倒向两旁的惊叫——会飞的锯子和石柱之间
孤寂和欢乐互换衣衫。幻想赤裸到看见骨架
阳子画的城堡沉下去，俄罗斯的面包滚上山岗

它的等待和幸福也是从虚无的天上来。蔚蓝的水

就要把“瞬间的不明”洗刷干净。酬劳过剩那般
那些用花香和星光劳动的人儿长出犄角那般
和平和诗篇也是从天上来，瞬刻，要我生命何用
要我对着空谈说：再顽强一些。而怯弱，是它撕碎的纸页

一首不怕死的小诗

绝妙的事像一首不怕死的小诗，等着——
皮囊里收入的是蜗牛还是云雀，我竟不知道
所有来历有时就是面前的一个闪现。
能够遇见它就是把“昔日恩赐”当作虚幻的活干着
也担当一首去向不明的诗开出胸膛的梅花形状

而诗的胸膛则是在暗示与明朗之间的
那种直逼宽敞的挺住。我剩下沉思是纽扣
解开却成为它旁边的铃铛忽地会扰动自然平静
过不了已寄托在半空中的心坎。对于它，心灵
一会儿变作白马或梯子，毫无理由地倒骑了上去

欢呼慢了半拍风光便化作榨酱菜
额角有迷彩在描绘，我的天使我呵护
就是，有难于启齿就冲我来。好在我热血仍还热沸
假使流出一滴仍还与红日相映照——红日，似诗的居室
诗的神明诗的灯，我的开花的胸膛，我对虚幻的喊叫

就是还要我再在黑暗中灿烂一回心肠
我的背囊已被酸性和有机物质破坏到

能瞬刻把全部的尘埃漏掉。诗不再承受纯净之美
或是爱欲交汇之时，它便反过来收集我成一束
那能够弥补弥撒的焰火，它有时，却是奴隶手中的刀叉

作诗为食

献诗与摆渡和通一气，戏弄我是
用草梳把我浑身弄出七鳞八爪艳阳天
我有时化作鱼能把落日咬一个缺口那样
过一会儿落日能咬我一口是，幽暗如食
它那里处也有鱼呀树呀铃铛呀蒿木呀在“作诗”

这就有一些滴水把自己当作门户之见
我触摸刚从桅杆顶上走下来的惟妙句式却透过
距一阵归鸟不远的眺望距幻想翻了个身
也把行程翻药渣一样撒向起伏不平的光线左右
我看见面前的半空染病最重是风云愈来愈汹涌莫测

天堂的村镇换新装那样。尘埃石柱互致问候
要了我再把寂寞认作知己。如果高处已胜寒
能成火炬便是最近的亲戚；天它的头地它的胸
我往往情不禁住是有了诗便阔手丢弃了灯
它的灯历来是诗句加的油，照见是读诗的声息传播

更为广阔无边是栽麦得豆的手腕认诗为食
我向终生靠拢的岸就认温饱之胃——落日原形
众山小也是鸟儿们把胆水吐出来的那样

片息召唤能被呼喊出来便是我翻书所得到的情趣
凌波为镜收水仙灵魂的光束！幸福和快乐强几倍，是天的诗……

在花之侧所想

花朵冷过触摸的手是，芬芳携光线到来
我的居舍因过于孤寂而徐徐打开门窗
或一时探不出头颅故作大声呼喊
不远处有一隅瓜园无人看管，使性也把书扔过去
哗啦啦蹦出一些冤屈死去的蝶雀的干尸似“蛀词”一般

片息也能从我身上长出些满含甘露的闽南草菇
我偶尔会想到它们是否是那个朝代复活过来的兵士的寒骨
历史的心机赤诚埋葬的所在，事实露呈便是报复
如果企望不及花形的灰尘也能说出人话，有幻想
就把云霓当衣裳，它曾在刀柄雪梅之间渴望

但有一种爱是失落，火焰涅槃从不攻心
枝叶比翅翼更通得仕途，坦荡使我收敛渺小
一时假装不了望洋兴汉去收买举桅归来的民心
他们粗鲁谈笑间就是这世间乾坤转轮的花丛
看日头有时大放阴暗光彩，是画纸花不是拥戴厚爱真香

能把涨潮的朝夕一幕吟哦修身一句
我进入是自己的旋涡。我盼望出头是旷阔平静一声
它确实是从眼瞳深处爬了出来的神秘诽测
钉子要么是一根枕木守护它折射的反光——是世界之肺
呼吸工作时开作身心之花丛，尊严和进取之卧，血之源

沉寂之声

揪一个耳朵恐怕倾听惊走沉寂——关了
大门却去打开心胸的前窗。看望里面
能有多少隐晦流动的血被挤出来
但空欢喜一场挤出来的却是些阴毒胚子
说内心是生育寂寞的巢是身体有病了名叫“花俏”

转身背向夕日赞美贝庵前的棉花更好
我养鸟又放生鸟的兄弟时常会伴雾蹲着呼喊
待回声悠转回来已收割完一个集美读书节的节气
它的大小耳朵集合一起就像海拱起箩筐大的号角
声息是往空洞的内处吹着，风的五脏六腑在膨胀

浮萍都在桅帆顶舞蹈，赞美诗却被爱情残割
我的手让位给自己的腿是——索取已不再欺凌前进
看竟看不出究竟何况是听，即使把天文望远镜当耳根
它临近傍晚的天像倒立的瓶子，它的天亮了是木塞子
在光线起伏隐秘处有蟹龟团聚

一隅长廊的尽头书籍和白骨扔得满地都是。
已长出金翅的蛆虫和苔藓茸儿发出哔剥之声。
如果我的倾听已不在耳上，我的身首即刻离我远去
我的兄弟放生的鸟即刻会啼叫我，和赠送橄榄枝
它会随同穿逡的光线插入我，身心像被鏫犁过，深沉耕种

望物之眼

有视线是我要了迷茫的命，它的眼球
凸出再凹入几乎是被当作轻盈抛掉
去探触毫无理智的物起源一样
如果故意躲避便也就自己把行踪收敛在水管道口
可以大方说出“对面的塔影”养雾亦把乌有歧议

一娓乌贼似的诗歌中央彻头彻尾彷徨
我只身一人趟入海峡相等于双手举起礁岩呼喊波澜
差不多是到了芗城决定颓废辛酸的闽燕啤酒窑为止
蜘蛛和捕食蜘蛛网的人儿咳嗽几声就打发了深沉
所有的深渊便携几片桑叶贴出预兆通知那般

到我的身躯发炎派对，才让出空荡一步
盛露的半罐瓮却底朝天——讪笑勉励的豪情
真挚写壁墙的诗也奈何不了，我吐纳胃肠
便是邀请星月落榻凡间。命不值钱便是
花草多过芬芳炽射的厅堂。我不值钱是想法太多

鸟的亲戚同时携几枚玫瑰枝点作火焰一样
冷峻吻别我平生仰望不及的泰山顶的倒影
我承受梦幻渐序地能片息将心灵掏出
反过来用瞎掉的光亮驱逐我，……

当爱醒来

夜晚醒来，清晨距离双枕的芬芳是有
日月互相撕咬的那么远
几分钟前我把女人当枕便是它的魅魅
若我索性把女人当擦面纸抛出屯露的窗外
一同擦掉的刚解剖完肉体的梦幻的“美的牛虻”

像用凸底的蓝玻璃杯收集结痂的汁液
我呼吸不畅却在毫无知觉下叫喊恶神离去
它化成长出犄角的欲能舔舐至高诗意那般
光亮能埋入芬芳是，它的胸怀埋入期待——
比水泥钢筋坚固的黑夜翻个身或打个哈欠走远了

景象等于捕获，我养的番鸭却整天躲在葡萄树园里
学凤凰招摇是春天带来的愚蠢；但明亮带不走双眼
是我的女人学会用火炬作画；也善用碎步演讲
她的厅堂已移至充满花盅的路上，广阔的心灵归舍
我被她养至真诚处是，足下的深渊结满葡萄串儿

周围的尘埃因闪烁而获得萤虫的邀请
距离一丛寺塔远的后埭半坡有群集的劳作歌谣
真爱的信任来自哪里——健康的生活多么有益
多么的美妙——片息的迷茫被消灭得干干净净
而我不再陶醉她的肉体是：多凿些孔眼，让芬芳填满

明亮之鸟

旷阔，也落泪了
它是一只孤独大鸟

是谁对着上面举起枪
准星是启明星

有雨点像刚与上帝的丫鬟吵架
唠叨着：换个所在

深渊和门槛，这对冤家
也就把家搬到葡萄和书架上

那也是栽种天上的活字印刷
自由自在，开出繁花

旷阔有多大的鸟呵
压力有多大的人呵

请千万不要再对上面举起枪
光亮一闪，所有的眼睛便都瞎掉

念想

念想像揭开一口锅
上面漂浮麦米粥

还有时光互相撕咬的杂物
叫作“梦遗”的

原是情形不落入俗套
我是它的主人

原是贴封港口的邮票
我是盖戳

“原来”则是“不改变的”
身心缠满牵牛花

现在一枝——抵挡得了
风雨无阻的念想呵

松针般的水泼不进叫一声
墓茔也走出活人来

红树林

在高高坝岸上那些爬行的其他树木
变作落水里礁岩的骨骸
我开始复活
我是突破螃蟹的潮汐腹部开始
遥遥望去
仿佛升降的旗帜挂满奶油面包
还有载满花盅的帆船驶回陆地
我是这样开始的
把刚生育的儿女扔进海底，让它们捣蛋、繁殖、生长
撕裂苦涩和温床
哪怕是恶鲨和百吨重巨鲸
——其实，有种侵吞是从太阳下手
但那小小的赤米龟例外，它们探出地平面的珍珠眼球
痴痴望着
那紧靠着新型灯塔的一堆篝火，似乎才敢跳动火焰之舞
请不要无故阻止、掠走它们……

大海

大海其实只是像一只捏碎的番茄那般大
碗倒盖在脑袋上即可想象到
白昼
夜晚
它都没有，但是它借来的一对翅膀
经常也被梭子蟹拿去
训练军营，世上最美的烽火都是珊瑚器官造成
自冰冷的心底升腾，然后去覆盖，然后
去撕食比画还美的生灵
云雀，阿波罗
时常抬着金灿灿的飞行棺材
横亘在银河中央
收购，比鱿鱼吸盘大的泪珠贝
我感受大海总是从撕食一只番茄开始的，还有火鸡
一只太阳形状
雄性的火鸡
我还看见人们扛鼎出去劳作担着螺号回来歇息
出去时，叫浪涛一声爸爸
回来时，叫潮汐一声妈妈

太阳，其实也是一株植物

它的花就开在我所有看见的地面上花朵的蕊中
香气侵袭到呼吸的气息终结为止
呼息
转换
玫瑰的火焰，试着要从子宫里转换婴儿脸容
用硕大向日葵池洗劫胎盘
那般转换肉身为香气
和光泽的枝柯
蜜蜂也在其中，它们甜蜜的身子已挟入光腹
梦醒过后，所有人的腹身也都转换在空中悬浮
夜晚这艘魔鬼船，被它悬浮洗过
已成为透明咖啡杯里的芭蕉树
牵马过河
养鸟取信

情绪的烦躁

我必须把热鼎中的一只蚂蚁救了上来
正如把柴火扑灭在冷水中
我倾身向前——

世界在把所有的事物煎迫
但很快放弃
更多无比美好的东西
就像一首诗里夕照下美人的脸容那般
那刚要触碰欲望的夜晚嘘了一声逃遁了
有时，欲望真的是想让

蚂蚁能够从热鼎中成一株植物
我倾身向前——
我即可扔掉手中的笔，去描绘、去搜寻
但鼎已经冷了
但蚂蚁已经干掉
它们合二为一，在世界底层，在黑暗一角

假若这时我再把另一只蚂蚁放入热鼎中
在长成一株植物前……

雪

雪不抱幻想
我看不见雪是有什么诗意
南方总是那些装滑车的人
整个夏天都跟西瓜泡在一起
渴意对着火山口，用鼻孔
穿一串能回馈太阳光的小圈圈
和翅膀吃饱原油的海鸥吹风会
雪还是在梦中，孤寂的那边，翻身

成一个跛腿的年轻人走过
东北来的年轻人，他沉重的脚步迟疑一下
地表上的雪便肝硬化似变作钻探
用蜗牛拉冒杆，地中海的钻探
它先于火焰喷溅出来
就像一种花朵不顾及土地从人的身上开放
热浪，还是这些油黑的雪人的热浪
缤纷中互相欣赏然后压迫释放自己……

想象的马

马
再加上一匹马
就是飞了
我当然是不能在自己的想法里面
我拥有了我，确实是欲念作祟
生命很容易一笔勾销
像一只蜍蹲着，任由星光照着
变作马的奇妙想象……倒过来世界却是蜡制的
印泥也可以飞了。稻田和叶赛宁的竹凉枕
其实，偌大的空间也是一匹马驹
一个台阶一个台阶垒搭上去的攀登
仰望踏空，会说：“原谅吧，能生育的云朵。”
抬头成为寄托，云也是想象中的马种
一直在飞
一直在折叠——大地和寺塔和潮汐的抽屉形状

但我却回去了，在想象的飞里头，飞——
飞越空白纸页和石头领袖合围……

想象无法用手拿到

想象无法用手拿到，它的微妙
胃也是无法消化的，完全不能
随意摆弄物质钩子那样占领它
我感觉到——有蜻蜓得到星光的交谈
前线站哨的老兵，脸容长出绿叶
一只枯朽的梯子装上缪斯的骨架
沉默的——体现，死亡名字的涂抹
但想象有时静得出奇，像要毁掉自己
像要把一支充满烧焦味的羽毛插入
我尘封的肉体，有要离去的本能
一粒滴下的国土，一口志愿者耐苦的痰
都将会对于迷失的换算
对于想象，我只能对着它悄悄收藏——
蛊惑着、战栗着，只能靠近一些它的气息
只能将剩余的一滴热血换它全身的肉水
恐怕来年这诗纸的命都已变作人的身心之躯
在风和光的尖顶，唯神们互相扑打
想象无法用虚无之手拿到，完全不能
它始自事物根部，在众词频绝的和平之顶

消化虚幻的胃

房间里的幽暗也是租来的，值得
撕碎纸屑和光线的交换。我想不出
它们会成为私有问题，使用微分精神比较
我脑袋的美储存量已不多。近似书上
用天使脂油典当荒废的说法，我再次把剃刀片
放入冷冻的物体和欲望意识之间
我吹一口灰尘和听听旧的唱片
有意让先知溜得更快。
好了，我不再居住：有尤物和长尾巴的坏人
和软胳膊的造访者，说：“变样了。”
比怀孕的钥匙和小鲨鱼柔软，但请不要无故
惊动它

天亮了，像美术的舌头

高起来，看得见光交叉的方向——
蔚蓝被削成一片一片遮眼的玻璃
像随同时辰会长出许多美术的舌头
对着我说：“现在开始生活。”

披着欲望的光辉开始工作：
可能是梦幻被修理成一辆破自行车
使劲在热血的心灵上编织荒原圆圈
可能与诗句指责过的虚荣相去甚远

泛情的想象：纸页假设的良民
我竟然看不见生产日历和花丛的机器
海声像是有病了，漫不过宠物的公园
赞美词货物似卸掉了，星颗开始生锈

我手指合拢是收缩的火苗，是涟漪
天高起来：神秘真实得在下水道——
像是有几位捉蛇的身影变得更为窈窕
现在开始惊叫：这样的路已从黑暗中回来

纯真

释放出来，想像空气一样的清新——
光明中我呼吸到事物意志的鲜血
在复活的树上，螃蟹像刚从月上爬下来
纸制的螃蟹伴同纸制的飞机灿烂着

可能是那些孩子们产生梦想的存在
迎合神奇的情节，变换蓝气球的残骸
时光交换相切的平面——惊醒的虹
在塔寺的一端，阴影掠过矮小的草垛

在潮湿的厂房，电影刚演上样板的一半——
寂静投递着几张比例欠养的小小鬼脸
我是望见了，花朵的心脏向着昏暗闪烁
像是“死意”要从“未来”这个词得到关怀

幸福的亏损更快，在尘埃与诗句之间——
再也没有廉价的春天抵押给嬉戏和玩要
我被孩子们随意涂抹的黑色光亮转动着
存在就是寓所，而医院总是对着落月敞开

愿意平行垫

我无法提示出的图纹，事情
挑衅而来，都是从思想开始的
到脑浆迸裂结束。反省一如舒服
有如要倒逆过来用血把光多涂抹几遍
让我：“有些比重的得到所得。”

事实是倾近痴迷后的纯净，变掉的
像一只苍蝇紧紧盯住镜子调整模样
所想的报偿，我有意结这风光的亲戚：
我看见一痊老书匠在剥裂一层神秘的皮囊
我能够高兴地伴同着坠下一次

痛楚垫位的底——我伸手合拢了
沾满线条的课本：雾和幼獾的肾脏
几乎又是让我又触痛了“一个个受伤的意义”
相等于“虚假”的补充，和我等待“爱戴”的出嫁……

书纸上活着的人

“我在说出的话里活着。”激情的变动
有着一些痛惜。沉默已抵不上一页纸值
纸页上坐着房间，房间里的狸猫却没实体
我一直摸索着空缝要把心中的疑神搬出

“我的忙碌就是血液。”是的，一滴血
催生世界的旋涡，我小小的手指
分别挟出吃词的虫和把榆木幻觉
藏进预见里面。那么多真理竟是假的
那些死亡变化过来。有时，“血液竟是自己的主人”
我还看见清洗试管的女医士留下白指甲条纹

“一只意义飞远的鸟，灰烬在晨光中点燃。”
那么多说出的话和工作的血液都留传下来

现在想想了就好

现在想想了就好，真的
把手从手中抽出
把书重新翻到秋天的第一页

看看风声吹薄的鸟只
看看喷泉的长廊光将玻璃举向天空
现在想想了就好
像星光瞬刻能把钥匙磨得锃亮

想想，像梦里的冰雪那样透明
现在我读到一首情诗就好
来自另一只手轻微的战栗

现在我就要沿着这只手伸出的方向想想看看
到达空中的城池，想想只是看看
像猫皮面具掉落地上

雨之歌

能将雨滴固定在透明的玻璃片上
是我看见更多的雨滴
飘落下来 然后飘落在路中和果园里
在跳动的鸡冠花 和闪电闪过后的深渊
没有被雨水飘落的
是果核里响起幽灵的声音

是那些带电的翅膀
在以超过雨水的速度飞行
我看见一个被漫长的雨水融化成的等待
她手中的一把红雨伞弯曲着
然后飘向空中

玉兰树也弯曲着，在飘落红雨水的天空
我看见一张被雨水固定下来的脸孔
顷刻之间仿佛已经失去了美和幻想

香气与星光

让想象在星光的剧场里凋落
这是香气的敌人，这个寂灭

光的伤口，是冬天还在拉锯
现在却已是一个幸福的白昼了
星光为何还在头上转动葵花舰队

哦白昼的星光，哦香气十足的剧场

透明的水面上一列火车驰过，像会飞的冰城
像十万飞鸟的阴影覆盖下来
现在我就要用星光和香气把白昼包扎好
现在我就是冬天的敌人

花园没有芳香

蝴蝶是蝴蝶的花朵
有如诗歌是心灵的月光
我在它们之间抒情和言说

我的幻想，像已被芳香指引
我左手的钟声和右手的书籍
听见看见的是如此之多

我自始至终是在告诫，风声
将人们过剩的脸容吹卷
将脸容挤出的白银吹落下来
但现在没有丧失 光强过幻想

更多乌鸦的名声成为水的尸体
一只蝴蝶已被月光焚烧
一个人脱掉深夜衣衫的寒冷
我听见看见是如此之多 仿佛没有

幸福

现在她是唯一的证词
唯一的衣衫穿在月亮身上
梦幻的旗帜永不落

现在，真得失真的女人
“微笑着像一只小猛兽”
口语伶俐，挂满天使的细沫

“花开了，暗中分离出白银
幸福得即将成为苹果的母亲。”

这个女人已经获得好的声望
心灵啊，空虚洋溢着憧憬——

“现在，美成为神秘而又惊险的一本书。”
爱美成为铜镜，照耀着刚从肉体颤抖过来的复活
现在她是唯一的动词
孩子和诗歌
从泪滴到光亮继续地表达

黄昏的猫

黄昏是一只猫坐剩的椅子
黄昏玻璃似的幻想

空中的陵园，树木即将进入黑暗
“灵魂都到叶子上喧响。”

猫的家已经被车灯拆迁
“钟的孩子，已经被钟声生育。”
我看见小小瞳仁合拢的雨水
雨水就是死亡

“一只猫死了，死到美的极点。”
黄昏的火焰燃烧黄昏的天空
猫只剩下了颅盖骨
十足的幻想家
已经不再对着那些流星的鼠影凝视
不再到我的书房来，这灵魂的猎手……

衣襟飞出鸽子

灰尘落在草叶上
钟声在少女的衣襟上敲响
——钟声为谁敲响
时间变作了第二只鸽子

远在天边的耳朵听见吗
水都亮着公牛的眼睛
幻觉像漂浮过来的朽木

它们都在歌唱　声音多么相似
和她玻璃的脸容胸怀的书籍

灰尘落在少女的衣襟上
幻觉变作了第三只鸽子

第二个男人住进了阁楼，这是危险的事情
她说过：这是一个长方形的夜
少女的衣襟像在轻微喘息
我伸出颤抖的手
琴声和月光变作第四只鸽子

喷泉的歌谣

幸福要说出：让发生的事发生
就这么简单和纯净
我另一句话会弄黑喷泉的枝叶

这时沉默会使美好激动
在光面上游弋 然后蔓延到望见深处
这时肯定有人在白雪的马鞍上死去

但它是如此真实：被月光肢解
又被月光弥合成幻影

爱情的诗歌所要赞美。我伸出双手
我像要取掉最后一件衣衫真挚
突然的叫喊会把它的心灵挂上中天

更多的人和事一样在发生：做梦一样
让水进入肉体 让血脉使流水香甜
在上游下游香甜了桥梁和彩虹

狼和马的事一样在发生 花落草黄了
幸福又度过了深冬的寂静

微变

几乎是毫无停歇性软塑料肉体的嘶叫

我看见：像纸梯在为着月光忙碌——
“空间是虚假的，像接上火葬场的阴影
和婴儿试管里神灵微小的声息。”
这样的争执，我，大面积稀疏上去

“一个有利于癫痫者幻想惨痛的完成。”
年代的躯体，破风箱伸长舌头轻于舔舐

但清冷的圆形屋顶已经敞开
平直的光线让我下不了手——

仁友不再来，沏饮、诗、留下血的图纹
连同钟尖倒转回去的精神医院
这些都该蒸发成新的真空……
——会飞的袋鼠一只只更接近了
噢，那些跛足的理念余剩下来

这是临近瓦解巨大的液体覆盖的奇迹
——我几乎是被一粒铁砂包在里面

在为着一个软塑料肉体扩张和收缩的比例
半张玻璃面具，对于流星的评判

坐下枯萎的草管，都一样存在过——

……这瞬息神灵保留着的惨痛的构造
月光主宰下的剧院和一隅厕所一样虚假

风的体重

风吹过，像在用来敲打骨头的时光
“可能是我再也见不到凶残的梦了。”
当我们能够触摸到诗句中星光的肌肤
胜过天空小白马的住处

和吹气球的孩子的泡沫，对着高深发言
它足够把我带到一个神话泯灭的地方
它的旨趣或欲望，是用空阔节省下来——

是那些颓废的习俗未被美的查询变换
稍不小心光线就在宿命的穿梭中虚弱问候
“我们一天工作的劳苦和写诗的心情
就会被钟声收缩成精神餐点……”
风吹过墙孔，被屠杀遗落的部分

这是一个寓言让给美好吞食的夜晚
我们的孩子在草席和梯子周围练习打仗
或者这里，一只马桶和一个贼的血液，变成
我听见风中敲打骨头的派出所的响声

——我也看见了乌鸦自玻璃深处闪现圣光

风同时也吹来呼喊，像对着我们说：
“梦幻是另一个无法争斗的遗落的世界。”

红日与乌鸦的观照

像是一种特制牛虻皮球散发的气味
像投机取巧的图案，心灵已被吮干
我在这里祈求安详吧——
我望见奔丧的人在尘土中赶制丹凤的眼睫

乌鸦孤如寒星——是与祭日与民车一起阉割
它已成行动的词，用虚假的晨光拉长空洞

我劳作剩下的闲暇，伴同明月在树上歌号
乌鸦已明显用翅子，平整幻景——
熄灭自由逃亡的暴动，我渴望得到更少的好处
（在欲望中的生命则是阴日恶毒的中标）
乌鸦像从幸福彼岸归来
带来圣君的第一滴鲜血
呵祖国之乡，我快乐之心是快乐之坟

呵乌鸦之国，快乐得使全人类的果园地理燃烧
但在青石屋顶，有印第安人在谈论破产的橡胶事业

难道仅有的空旷是被推石的影子缩小下来
天下都一样平等吗？明日显得比羽翅轻盈……

爱欲微妙变化

身体展开成为花纹，有如——
一个半个的人把梦折叠成身影
我想到的事是被新鼻息泄漏出去
望见却停在空中，与光辉相遇

爱欲互相呼吸，是内心在工作
钟声鬼鬼祟祟是被花瓣收藏了
而空气宝贵得像阅读得到一首新诗
孤独里面的宁静微妙得变作篷车

像那些解马的诗人都到水洼地休养
高悬顶上的邂逅 幻觉配给天鹅
激情奔放的血素在月亮上发言……

灰尘也是甜的——举止有所表示
缓和的精神液体礼让给予温馨
我渴望突然是被明朗凝固起来——
但身体布满花纹，一个“半个人”的梦
多少是与衰败下去的旧相片的吻有关

阴影剩下的遗址 闪闪发光的健康
我想到瞬间是被惊异的神情紧紧盯住

用光线把幻觉安顿好

这时，突围书本的光线嚯嚯作响
都长出了头颅——长着婴儿的头颅
让我想到的奥秘也变化过来

我看见它像刚被磨损掉手脚，刚腆着
臀部，与合欢树磨蹭的声息
一只落下的鹦鹉不知是哪个美学党教派养的
它聒噪着，是多么稀珍的食物——
当光线绕过停息的一边，也把道路突围
传出惊呼的瞬间

事实也来自变化。“和房舍仰仗的星座。”
昏暗的尘土又被刮掉一层陈腐
到少说明了——头颅——辐射——
书本平静地阅动我面前的光线
或许是在帮助沉重的思想集团工作
它把虚无翻向一边，把幻觉安顿好……

围着树转动的小白面狸

光束爬满动物的爪痕，有如
“我伴同的惊惧，在家的草丛
玩耍着小白面狸……”意说的来历
那么多平常的事像是充满光明机会
带给我处置寂寞的时令

这之间肯定有想象被过问。微妙得
让扛梯子的人矮小下来
手指剩下来，蛇在高树上授课：
衰老和新的一天，兄妹都出嫁了
唯有我在空白纸页涂抹鸿鸦诗句

“但有益的事似乎手会隐藏得更深，”有如
白炊烟也是这一个年代进化的材料
那些世故被操持，轻过小白面狸的脸
看见那些闽南人在大雾中开垦的荒凉……

企求来自心理的盲区

有如企求来自心理的盲区，时辰
还给它一次惩罚：对着黯淡的光环
举起塑料梯子那样。动作表示言说
我翻开书页却折叠那么多徒劳的手
里面沉默的惊叫来自无益

想到忙于绕开岁月的开发者。方圆外
掬星者在掏洗削瘦的胃
光在管理生命？有多少次我是被感受惯坏
十足的人为生气筒，比不上蜻蜓衔来水晶
被利惑抬举领略不到自然时光的美妙

看不见的会更多："思想有过的机遇。"
沿着密孔管道输血草丛似的在欢呼
光轻轻一闪，就把手折叠在阴影外面

没有新词用的诗

简短的——给身体带来响声的词
零点回家，把外国的风和尘埃分离出来
把昏暗不解的部分抓撕出花状遗迹

可以说是艺术化的痛楚，像无形钻探
可以探入到祖国的脑髓，捕几条思想老虫

和未被蒸发的月亮修理工；含有诗意
我偶尔会仰视到空白化作两岸的骨头
是的，能被泥土包容的词句就是向内的路

这可不是战事的壕渠，光亮和呼喊一样高
覆灭的举动，差不多是同时把颂歌捂热
把荣誉未被剪彩的广场让给羽毛居住——
我突然想到几乎是用尽掉牙的梦幻抵押上去
是的，最微妙的词的当量就转化作喷泉和军马

已经毁弃的勇气，突然奔涌在光线的方向上
——可能是我很久没有加入到诗句暴动的行列中去
当寂静成安宁剩下来：独轮车，煤渣，矮家门和风儿

——可能是我将加倍背负生命的债务偿还过来
哪怕一声“故乡”呼喊时，就只剩下一个哽咽的词……

死亡，再见（断章）

像我在暗中想到的：吃光的人
已经用软塑料试管插入那种叫作“空间”的

也把大脑与思谋的距离包括进去
他说：这是光线弯曲产生的压力

和从日课桌上搬集书籍清理的尘粒
再把一些轻微的需要的元素减免

我在光中喘息，他的语气自暗中吹来
焕发烟草扑打的气味，和葡萄一样的句子

——钻入胃液那么精细的感性事物
或者这是临近幽静的，在摆脱滑动的一只手

在强行剥压话语以前的欲望皮套
空中传达过来的时刻使我想到门旁的钳工

它给予我反复的倾听：这是内心的一口钟
每一天开始和结束，每一天无所事事

并让那些停留在阴影之间的饥饿
变作沉默的一束。更多的忍受泄漏出去

“仿佛有五十只白蚂蚁爬过我耗损的三十二个年龄。”
仿佛是没有的，这只是简单的比喻——

呵，得到了表白，树丛在缩小，风的无产者
一片一片加入，加厚、加宽、加高直至终极

对于星座的企盼一样，我愿是永远的搏动
愿是幻觉帮助我呼吸到“天鹅的芳香”

在寂静的街道，驾车者划过深刻的弧线
漫过小虎的栏杆连接上婴儿的胎梦 变动变换

过来的诗句，然后再漂浮到纸的天上
然后再把我手中索取遗留的痕迹收藏

直到我付出满足的爱戴，清醒之前
清醒也是光明迅速的一秒钟——

轻轻地穿透他人的胸膛有了感觉
他说：“这不是时间的绝对。”

不是那绳索，不是那野蛮，不是那尺寸
就能够随意指向“掠夺酬劳”的所在

“假如是在子宫里爆发战争的那种……”
幻想的奴隶　痴呆症者　曲解现实的一次嘲讽

（执意对于灵魂的审判也未免显得空泛徒劳。）
它已是无形的声望。无限伸延过来的圆圈

疑问。收缩。平滑。完成半个残缺的板块

半个月亮也不能止住仰望落下的泪水……

呵，夜晚像是被阉割过，尖叉似的声息
／充盈着空空的马槽

／和减少背水迁徙的密度
或者是根本是无的，只是一支带血的银针

引领着一群饮血的雁鸟把北搬到南边
利用羽毛给予宽广的生动是对的（对吗？）

并且安排了昼夜的运行。他人是存在的
幸好还能用头颅思索远离思想的幽静

颠覆忘却的事实，我迫使自己会这样想
这样做，像沿着语言磁场吸引到理智

“像是在维护纷乱的布条的异化。”
黎明时玻璃片上的灰尘，饱染着光亮

使用人造蜜蜂侵袭众花的歌声
灰尘飘落下来，使衰败在桉树上飘来荡去

使水晶停止，使飞鸟成为敌人，使我如纸
凝视的一端，他拍拍手套，说：“气候在转换

树在分解，以及门外行走的赤色木牛
牛角像挑着短句似的融入迷香周围的然茫

颂歌那般激烈的沙哑，想象成空气蒸发的中心”
我空洞的内心忍受住第二次和钟声结合的丧失

和被稀音弹奏的面目，这如同一个哀悼的节日
披着松柏油喧嚣的器皿或鲜血的气焰。人体

赤裸着流产，吃光的人，也吃掉梦中的红色小汽车
失去的知觉，“攻击”的另一个名词。可是，它

会从召唤声中回来，带给我玛瑙和温馨的草莓
一个激动迎接一个甜蜜的惊惧，在宁静以外

房间或诗的食品

可能是——，放弃的——
在我的房间，像是幻想互相撕咬
它是比洗过的米粒还细小

像命中解闷的磁，是比响声轻
但我为着骨血工作，不分昼夜

真的奇迹，黑暗也在忙碌——
我有成为快乐的食品的可能
噢，相等于一个球体寂静下来
现在——有三种想法要安置诗句上路

风的遗漏，并且把蔚蓝包入纸页
把玻璃折射是光线当作食品
我快乐是一瞬间被打上千支松针

噢，是谁在为着梦幻的安宁工作

光明骨骼——，思想也要在光中毁掉
——可能是我的鲜血会为着身体白流
当汽艇从湖面游出——新图纹

像我转变过来的阴影——
这些都是在臆想创造灰烬消减的外面

新的

现在我知道什么是新的——
我看见语词在闪现的光中转动
夜晚美得就像女子的面容从月亮上
落下来，和鹿回头的图纹

所有的苦难都已经被幻想代替
散开的瞬间，用身体填补空白
还有用我写诗剩下的鸟和树叶
轻轻的 撒往天空 换来了光辉

宁静的内心，歌唱也是一样
周围的空气清新得发出声响
像花香和天鹅，用呼吸袭击了寓所

并且是在书页上止住暗中的挣扎
用精细的针穿过旧铜器的眼睛

美也是一样，随同女子的面容一闪
我懂得必须说出话语把沉默付出

想到的或隐藏的

我需要从空白里
测出抽象分子的味蕾——

有益的仿造，事实刚刚开始改变
事实反过来只是一些神秘的余烬
像一台毁掉的蒸汽机在与空气交谈

有可能也要把植遍意志的脑液散发掉
“当花草变成硫黄，轻盈难道会腐烂？”

那些未被光亮暧昧的行为已经停止——
身体的喂养也是空白的，和一个残疾诗人
而我趋于书页上的幻想从没有实现过
寂静、词、猜疑和劳作，像被心血武装起来
连同暗中慢慢觉醒的年代……
当我忽然把宽广和向上的仰望视作一种压力
当时空也发出一种异味

……另外是那些言谈的虚无退避在烟囱周围
平静竟是软的，弯下来像地下工作者的行踪

刮腹的雌鸟和止住唾液的纸屑已付出神秘暴力

要解释它们需花掉一个白痴的春天
当明亮横扫过来我想到的或隐藏的会埋得更深
只是看见了，一台卷土机飞扬的骨肉
只是，我要说的；来自灵魂的废料……

自然旁边的诗

很可能的，把风从幽暗的房间赶出——
这适合我的想法，再从一页书上抽出迷离的标签
让特殊违背日常：悬着深渊的日子
水蒜、离弃、和算术的气味混合着

有所区别于灿烂。一端钟绳
我的身体被穿过，在芒果树的阴影里
说着梦呓般的语句
像有鱼刺卡住，我根本摸不着吃草人的背脊

云游并且奢望——，想法给予的激情
和赶鸟的回声；那些毛人扭动的技巧
至少能让我闻到一撮新土的气味
有如能从密罐里寻觅空气的历史

不幸剩下的会更多。看见一只小龟
在光中缓慢爬出寺庙：死亡离得更远了
抑或是说它兑换了诗人栖居的木屋
里面住满松鼠、花仙和假象，多么的罕见

而劳碌是减免，脸和雾气一起散发——
恍若来自群体，比灵魂还潮湿
我说出的语气逼近它们
几乎能与预期中的星座保持平行

对于宽阔合拢的板块，我迎了上去
在我的身上什么时候已经装上虹和竖琴
这些都当作陌生食品的享用
胜过大学课堂的玄奥、尖端

由此观念是不诚实的，梦幻海绵状收缩
像我进入水晶的牢房，读书读到美的传人出现
男女开怀的笑，一任野驴卖力地工作
意义来自那里：用尖细的凝视把风和光顶住

瞬间尘迹

我看见，在塑料跳球的一侧——
一只被剥皮的雏鸟活泼得发白
第一秒钟就这样成为如意餐点

用光辉在草环围成的圆地上挥霍
或许蜻蜓的话语也是意想不到的神迹
涌动的风尘，来自一个变化的预约
像一个先知面临着鲜为人知的事物
发出低吟——，当我也把书页当作食物

而我的孤单对于灰尘抱有幻想——
可能是太纯净了，光炫耀得够不着内心
光缱绻着把鲜血、扫帚、疾病的钟声玩要一遍
甚至是缺少礼仪的年代……
而白色婴儿和塑料跳球只是一次假想
遗弃一样被分割下来

……还有梦里暴力的部分未被镇压下来
我看见，我说出：天象也变作尘迹

双排卡车和路旁垃圾箱互相问答似的嘲讽
快乐喊叫的时间整整停了一秒
让我看见新旧交替的毫无来由
噢，产房里温馨的骨肉……
噢，一座旧剧院的寂静……

重写浪花

是血在唱心，我唱到你时
天色已昏暗到，一垄桑田的抽水泵

若眺望不再远去
故乡就是最敞开血肉
噢是，就啃它——
似鼠啃梁上风干的粽子
似眼啃烛光里的诡秘书

还有未拔筋骨符语，是蚱蜢养的
是母螺首领唱的
青翠色任由天堂投掷下来
而近身荒原，却用诗句投掷上去
也是用画画不出你时
所有来路都被胸乳碾过
噢是，就啃它——

那也是意志的哺育
暴风雨来临时，啃出岩石之花
暗夜和沉寂合拢时，啃出号角和航向

唱是呼唤嘴在唱——
似流水是深水之墙，永不平静之墙

旗面

旗回不来了，撕裂的就都扔进幽谷
亲切的呼喊声也已暂停音息
你虽站高过树，但你举手，高不过绵延起伏
众山鸟归静也回不来了
“咳嗽”含嘴的回声之杳，也回不来了
直至外面之绳穿过众灯捧窗似的冷寂

旗回不到红上了，你决对暮天的急红眼
犹似倒灌水回到天上去
你的旗不是黄河之水天上来，却

任由排列的原上草反着插，排列的秩序之插
在拖火罐车已回不到狼烟四起处
看一朵被祭过的白云，确是从军站的毡顶向西飘动

忧愤以失落埋下，你以手代旗举起
那是痛想第九次未获准通往，你把旗改插在
已糜烂的脚趾缝上——在荒凉之路已无人践踏时
在写朦胧诗人重访向日葵时，你却一举慌张之手
向漆料未干的暗墙处去重举虚无之旗
在你信仰未起萌火处，那也是七排列的星旗之种

旗回不来了，像物回不到层土上
旗回不到高之上了，像城墙回不到暴风雨上去
是有被挥上空中的马铃薯和油轮，回不到迁徙佛泗渡的码头
——但在宁静回到寓所时，眺望的却是幻景回来之旗
你把它插在众花的岔径处，你重把涌溅血涂抹上去
光环回来了，前进回来了，回到迷茫被插满鸽旗处……

赶

赶蚂蚁，似黄昏时
赶一粒谷皮黏附着散去的
黯淡流光
闲事之时
毫无止境的一小撮
它们应是饥饿之战，随一粒虚光
辗转至上

幻境，应不是致于游戏
生命淌着蜜汁的腿肢
眺望之时
云雀之灯，像在审判风云时
铜绿般天庭
它们似欠他一根稻香的书面
仅有几只变种蜻蜓，能贴至
幽暗高度
学几只云雀之叫

刚好，以切过海皮脸的
最后一滴水之光
重把自己装束成小教堂，为着唱祷之战
往旷阔里处赶

之前死亡，尘土也赶过

墙人

图钉第二回对坍塌之墙敲打
到第五枚钥匙移动大理石气味的根基
……

那是一位刚走出尘路里处的双脸人
落暮在背后浮起捡骨金斗
爱和死亡之捡

在浮沉的大地，未被践踏成墙城之前
那是一位刚改写赞美诗换唱佛歌之人
歌和诗合成墙城之脸
诗，是缭绕云雀的云雾处
歌，是无流水清洗的原河溪

——通往，是有未溅出血滴和火蛊的眼瞳之人
把不通往，像把不吃果实兽驯成会敲钟鼓的飞禽之门

而无诗，则以旷阔为墙
人是透明人
而无歌，则以寂寥为推倒墙
人是骑风声人

“喂！”

喂，我闻到星期五了
喂，是我对自己的鼻子说的；语气
犹似雾气
沾在刚拱出礼拜地土的鼻尖顶，“那边
小人国的通孔那般。”说是
我鼻尖上的舔舐嘴在说
着聒噪的雀鸟反穿浸水教的长袍子、那般
一腔一气泡一个来年
一罐腌菜脯——刚起寂寥潮汐
说是，喂——像背诵在说
地土夯匝在未通往大卷书之前

在小个人朝拜飞尘，静立成窟窿树和割脉琴之前，说是
“我闻到，是我来了，我闻到星期六的脚底，是我进去了……”
喂，是你喂，在说：那些围转花蛊的公蜂
被攻击成去叮咬旷阔辙带的孔眼
这喂，是我和你说过来的
犹似雀鸟被蒸发成公蜂那样
这喂，它们泅渡之巢
这喂，能在喧响的光线里处再放入剃刀片

说是——我也闻到星期六之身了
多么的安静和吉祥，像老妪把手杖伸进海洋试探
仿佛，整部大海
也仅有一声“喂！”的容量那么大

那份悲伤

我们已不可重复二次获得它：那静谧的
即可以从冒泉处下手
扯下它精髓的脸
同打开一卷从未被明眼读出声的厚重诗书
晨光穿过墙孔转成垂涎欲滴的回声
这场面赶上双排年限
静谧回访了隐晦的手脚

那边也有屈死者，悲伤隐得更深
那静谧的
向着死者未完全合拢的双眼入手

狠劲扔出穿山甲皮和词根

那卷诗书，在与一阵清风交谈
那是怎样的诗书？
能在静谧冒出处，被我们重复翻读二次
难道幻影还被死者捏在手里？

原野

旷野反过来会覆盖我们——
直到我们勘探的到脑中来纺织
我们无赖要表示的是黑夜之唇
从内处伸出，这狭隘通往旷阔之叫

有个别眩惑圈未套上树宅前
能望已不可望过那规格石阵
那内处似有戴绒帽者在指挥什么：骸
孤寂、暗火、蚯蚓河、无垠之棉……

那含苞开垦近似原境的胸怀
重以仰视——祈求天星给予裸体
宁静一道授予簿册复写
在栽种火炬却长成集会之瓮时，以疯言

无苍蝇灌溉词俯身捡拾断裂者
是轱辘车已散架在通往隐秘的双重性
我们微感腔腹肿痛，是欲望肿大养分
在苍茫未落实处，风永是比光先于糜烂，以疯言

田园骑诗

黯淡围拢辉煌的墙
想象总是把生命收藏高贵处

可以再从诗句设伏的喻体抠出
塞入牙缝的食物
所剩不多
像未说出的话咽入喉咙处
它的时日，在招揽薄意
已把零散的独木桥
当成面线团棒搓洗
它的新光线，透出矮木房双胞胎婴儿味
那些指甲变海蓝色的闽南人
从桅杆顶走下来
降下包裹星光的破尿布旗

有专吃残梦的鸽子，改吃抽水泵油

有蜻蜓点脏的水
流经后山的墓园，应是
抠入瞳孔的诗意过于频繁
倒是，靠拢炭炉的朗诵诗
被烤成过冬副食品
它的，玫瑰栅栏
它的，乌鸦煤灯

一天的光线

想法可以安置光线上路，像死亡，快要过去了
快要和一辆独轮木板车接在一起了
我站在这一端看见那些喧哗的事
如同风尘掩埋也是一个工作……
一天的尽头是我身体的敞开、一天太多了
致使我有太多的想法随光线弯曲下来

也是美和良知的风范在互相追逐和比较
这非同一般，我可以说是截取需要方面的行手
我可以用手指触摸到幻觉
没有快乐时我只好用语言的声息
把自己的身子埋怨一遍

改良的细菌也是太多了
一直延伸到光线把一片草园的黄昏连接起来
在那里挤满的天鹅，甚至是棺木都用泥土换了一遍
充满着需要的国土
也充满残酷的图纹、随同着想法展开——
这可是我忍让的瞬刻，新光线安置死亡的气息上路
——我看见独轮木板车变作雨后彩虹了
——我听见风声轻轻诠释有益的事
——我工作的楼房安静下来
电话、纸牌、抽屉和垃圾桶的碰撞声中安静下来
药液一般的思绪如同撕开

现在餐巾似的光线，就从漏水的裂缝溢满出来
现在死亡的想法变作沾满花香的纸条

正午之念

在念不过正午的念珠，散掉以前
除光亮外，所能去认识的墙孔
暗绿的，若是喃喃祷语毫无停止之意
倒转的手法会把脑处的层土念出为止
那是些未受伤残的忧思，到了蝶鸟倒转为止
所有遭遇的、见识的，也即是到了念祷为止
即使把嘴绑到更为巨硕的飞轮上
当然，这正午已回不到九点钟前的阴暗

再说，那酣静却是依傍在军站处
那所需所取的景物堆砌得更为杂乱无章
似乎是恶臭把美好掩藏在那儿
似乎是唾弃把露现之脸扒下
似乎是静止的比飞行跑得更快
这强光之念，确实过不了缤纷下沉的坎
确实是在正午内处有憩息人持刀朝你微笑

高峰之上有人在动土传来悠远之声
犹似螺号合拢七星排列之瓮，倒扣苍天之眼
在做出了预兆巧料以前，能审视这结果之限
审视可不是审判——念珠渐序念进了瞳孔
高远之声确定是从最早睁开眼之人的嘴口传来

就以这高远之声，审判这即将消失的沉寂之声
这念珠人确实是以光亮在自己的指尖挖防毒之窟
挖滴露串线的读血之眼，重把念珠人背往红松白雾处

你呼喊过一滴水吗

你呼喊不出赶在散热前的一滴水
第二人怎样也不肯跳落的一滴水
确实，尚欠翘舌音的土话
你透过它，窗台之间挂满未晒干的喉管
树倒了，枝柯还挂满未砍断的手臂那样
第三人站在号鸟外举起猎枪管
烟囱静悄悄的，在翠绿的掩映中
半空中飘满煮熟的大马哈鱼倒影
呼喊不出声者，也是背耳的聋哑朗读者

你呼喊一滴水，赶在起风之时
在风尘增厚坡度之时
确实，有几只未长成禽兽的菜虫，哀号着
有第四人蹲在屠宰场门前找丢了的钥匙
一滴水仿佛是从那个孔眼过来的第五人
多么浑浊的一滴水就当是梦呓的双身下沉
多么清晰的一滴水似要给泅渡者穿上船鞋
你假使呼喊出来，仍还够不成激流和渴望
你们多么信赖的一滴孤独之水，仍还迟疑，豪迈不前

那是停滞之时，仍未被赶来的撒网者放行

如果松涛和基隆海也是其中一滴的话
光不是流逝的光，鱼已是无比娴静的咖啡鱼
你就把一滴水呼喊成一个从未有暴洪过的国
你呼喊不出拯救的第六人，在阴暗和旷野处
你就不停息呼喊：到基石凿穿，战马依序归栏

旗的滴……

以升降仰望的瞳仁在滴
双身如轨魅出游的晨星
追随者舔舐光的蜜
你就滴吧，飘的滴、卷的滴
你就向我滴吧——
欢腾的海洋
世界的胎盘

手的举——首脑在滴
屋顶上骑兵——驱逐幻影在滴
还未滴向落暮的静鼓
你就向我滴吧——

原野散雾是早已
松木梳子的赞美诗句在滴
乌鸦受孕的玫瑰在滴
船坞在飞鱼啃过的芒果树上滴
新店溪的章鱼在滴
后埭村的社戏在滴

小寡妇布肚兜的反光
和着敲梆的平安夜在滴
黑暗在滴
方向在滴
呼喊在滴
火焰在滴
红色在滴
血在滴
滴干了
骨头在滴……

钥匙如靶

是谁能以自己的钥匙射击
就像向居室的心脏
插入一支箭羽，和自己的手指
禁锢的孔眼
在以通往的俘获
深浅不一，不同的会是
在沉寂内处会浮现新歌谣

你念唱的嘴就浮现在那上面
念唱也是一份通往
钥匙之光，金质的光，在重获开启

而更远处的呼喊更甚

就像山峦的倒影压过来
压在无路痕之上
你的钥匙就像浮现在那上面
你念唱的通往也在那儿——
门，双重门世界
就像永依傍着一个浮现的靶场
靶场也像自己浮现的杨柳树
翠鸟和火苗的居室以通往
一把声明的钥匙
这杨柳是会念唱新歌谣
至今之身仍是安然无恙

寻找食物

我们永不可坐在幻影的砂盘——
犹似不可，通过比蚂蚁快的通道
找到会说话和听懂话的食物
爬出的拖住爬入的腿肢
爬入的层叠爬出的胸膛
爬入的，以瞳孔为触须
盯着不远处灿烂的疑视物
向上的上上上，向下的下下下
之间的人肉冻，已分作光团和扎头巾兵等级
也是永不可坐在花簇之上的时日
变戏法似的，都为着新的新新新的东西
我们在，找不着自己时
是想把幻影永当作生命的食物

那是饿慌之人数着星颗一二三四五
那是未懂事的孩子被当作沙漏漏着

而有时，敲一撮城墙的坯土
也可咽食，喉咙深处的转换句迎纳它
也是祷告句句句句句句句句
终将为着呐喊发音的食物
赞美诗句纯血统放走游魂那样
诗句古旧臃肿，已使灵魂挨饿不愿附体
而我们找着的，是比幻影闪失得快的一片果林
找着幻影的影影影果林的林林林
而我们放弃寻找时，鹰和荒原合拢为食物时
镜和油轮也是食物，我们反被食掉，永在浮光朝露处

自由的手电筒

自由还在手上捆绑？这只打亮手电筒
在上清溪逮住黑鲤鱼的手
上面确实有滴水的囚笼滑动
你开始在为着自由备战：
你不可以把绳子拉了过去，给那个人
那个人也不可以把套子，馈赠给了你
之间仍有困兽之眼，被手电筒的光
拦截成头尾不衔接的三个段落
你开始在为着自由救赎：
它们合作一起，把不低于眺望的呼喊
连同黯淡中挂满钥匙的窗台，举了过来

赶面团闽南人，也把搗杆举过来
你开始在为着自由工作
这时，仍有农民在过黄昏的田地匍匐着身子
仍有扎头巾的干部，蹲在路旁，比手画脚的
看上去很紊乱也很齐整，似在互相对着对联
要么是，把他们互换一下位置，天地颠倒什么的

你手中的手电筒晃动起来，墙和门也晃动起来
像逮在手中的黑鲤鱼活蹦乱跳的，似从最后的景象
那边来的死亡之身，却怎么也逮不住它，鳃和颊
鳞和旗翅，却被去得光溜溜的，是这自由之身
要与死亡之身，互换一下位置……是你，手中的手电筒
把那个人也晃动起来，晃成断了线的鸟，怎样也逮不住它

白日梦的笑

你的白日梦得手了吗——
似肉体刚从迫压那边回来，那双麻痹的手
还粘着蛤蟆吐给水仙花盅的唾液
那敬仰神明的人
至今仍不敢对着水仙写口水诗，只好在暮光色下
多剥几张卷皱的蛤蟆皮，当作发愤抒情的敷药用
近似流光定格的伤口
即可以装人二个演社戏的人的身影，而不游戏
不服役不劳作的另个人，醒来就说：那边太深了
整个天地风尘也淹没不及的深
能回来的人，都不愿再回去

深，成为永回不去的
一种浅显的清醒
回不来之人，会被变成蛤蟆和有毒的笼子

而白日梦却像是一位垂钓之人
在往自己的心胸放下迷幻的钓饵
五角星的鱼，高筑的菊花台也就在内处
那位文氏的断头台唱着留下丹青的也在内处
能留下来是断头台仅高过白日梦一个刀柄大
双排型转动的刀柄，玩得比城府还深时
白日梦即成为用笔但不动刀的小伙子了
笔是用来画窗台通往原野间，那水仙神灵
刀是用来剜没有虹和颂歌时，蛤蟆眼和天鹅笑

化蝶句

你的身体裹住另个人的身体，那是爱吗
爱能通天吗
天也是另个人的身体，裹住众望所归
至尚成形；在你张开代替光线的手臂时
在一场采茶雨悄悄地为你消炎时
说它洗礼那是稍早些，更为礼节些
因为你仍还未把最大的鹏鸟赶回家
在落虹的尾后只是赶回零散的鸦雀弹子
和那位为零散的鸦雀写藏头诗的
女诗人，辫子扎得比捆绑的绳子长
她已把鸦雀之身当作暗语玩得团团转

直至，地球被玫瑰之身卡住，转不动

而你酥软的不被裹住的身体，漏洞更多
呼喊会从黯淡的咽喉左侧漏掉那样
正当螺号四起时，耳朵结出红木搅拌机的茧
冷寂被参差不齐的树身裹住——那也是
通往原境之爱，砍伐的爱，火焰的爱
桅杆顶上的舞蹈之爱——你的看见之海
浓缩的酒盅大小，雾的巫蛊之身也倒了进去
爱通天不成，却被大地收容
你的近似迷幻不坏之身渐成散花占卜形状
此刻，至少有五百枚钉子，紧跟着你的款步
在找你的空隙，软弱和畏缩，把你钉在暴动处

管不住的尘土

你管不住尘土是，永不可不去飞扬
不可不去包绕
不远处眩惑挑衅的空洞洁净地
那儿的里山人手不洗水，便捉起食物塞入嘴内
塞入塞出的还有刁钻脑髓的瞌睡虫
你仅能管住的是睡眠，未入梦便醒来
梦的入口处站着的黑美人，目光亮得像珍珠串线
你管不住她是：抚摸着她就化为灰烬
你管不住天已脏得：白昼已化作黏鼻涕的夜晚
在白昼仍举着灯笼照路的东北人
仍沿着来路走了回去，随手已把

大过自身的灯笼扔进鼠狼占据的河渠
你管不住鼠狼是：它们团伙地哼起颂歌
是河渠已涨满大户人家兆丰年漏入的杂碎

你一直要去管得住是：疑视尘土所处
仍有绵延不尽的蚁队开采的黄金王国
你深信不疑诗人的话：在白云寺旁的尘埃
即可挤出蜜挤出祥和慈爱的韵味
你也即可随手在牛羊啃过的草丛间
挤出纯种奶和比奶更黏浓的血性
你管不住它是：这大地仍是尘土一层层层叠起来
它一直层叠到旗帜飘扬处到羽翅飞掠处
你管得住它是：婴儿的会更纯真雪花会更洁白
而不会因有尘土变得蒙昧愚蠢变得比黑的更黑

近似爱情诗的嘴

你必须咬断那已被光线收拢的绳索
才能转意回来
回到近似淌水的笑容上，水是榴莲果的水
手摘了，便离弃地土在编的簿册
便浇灌向没胸肢撑住的脖颈之嘴
暂无泅渡型封条的笑容嘴
它的气吞山河，也能赶超一时
但有时，你却毫无用心转意
是你咬不断绳索，倒把舌根咬断，舌根是通途
是已栽满榴莲果树

幽小是死亡之灵，近似的胸肢果，已挂满上面
说话也好，歌谣也好，喷泉也好
都已在那上面抱作一团
几对未被光线弄湿的比翼鸟，也是从那上面
绕过几道虚幻和冷寂，回来的，它们对你啁啾几声
便能把你叫成几首垂涎欲滴的朗诵诗
你下辈子仍能管得住的，不被压抑的赞美诗

在那上面的，近似食物的隐秘触角
即把欲念的昏暗的嚼成碎片，一捅到底
在转瞬的平息处，都有一二位扛卷舌音之人
探出了佯装不去舔舐美好生活之蜜的嘴
它的囫囵强光中的仍还淌着水的嘴，突然地
会对着你冷颤不及时，近似狮子吼叫几声
也是在你来不及把“爱”说回来时，这已离弃食物之嘴
像已挂了石臼，挂了傍晚降临时的灯笼和魔方
这也是近似崩塌的喊叫之嘴
直至你听不见声息时，你只好放弃绳索，却撕咬诗行

大脚钉

犹似手当脚使时，被钉在
楠木树倒影荡漾的上面
能看见彼处雕凿枪托者的眼瞳也盯在上面
冷飕飕的风是从眼瞳内东南方向吹来
在吹不过闽南螺壳旮旯的
小范围时，仅是吹来三头六臂鱼的气泡

在流逝水已不可回返逆流时被钉在上面
在族旗布已不可包裹住仰望和暴风雨时
点缀飘扬的火焰也钉在上面，即可咽食
在日子不过时，是比捂住肚子上南山念经认真
在日子富得门前石埕的石臼流出蜜和油时
灰尘也把梦想钉在上面
梦想者也是光荣的牺牲者，抱着羚羊时
眼瞳盯着荒芜的原野，捧着经书时，却朗读不出声

那是未被腌罐装入身肉的大脚者，你就
沿着悬浮的阶梯来吧
你来了，你就多带一位以身板代替脚掌者
沿着光辉铺就的坎坷不平的路迹爬上来
在黑暗中，蜗牛和乌龟那样，被钉在栅栏上面
而未被花朵的芬芳钉在上面的，是那未化蝶的戏剧窗台
之外，仍有吸大麻者和偷渡者
被钉在炊烟和油轮画的上面
那在光中游泳的抛锚似的云雀，钉在上面
那沉默的不重整喉咙呼喊第二句的毛人后裔，钉在上面
下面，仍有三四位卑微贫困的炭翁
却被火焰钉在，逐渐冷寂的烧窑上面

镜子的毛

借你手中的镜子，通过一束光看见你
你头上的毛都被剃光了
留些细毛还粘在耷拉的脸容上

与胸毛交接处，看去像旷野的荒草
引来采茶人不敢仰颈高歌
看见鸟儿飞翔的羽毛不同的是
会飞的毛飘落了仍还在飞着那样
姿势强劲得连同灰尘也插上了翅股
在你伸手抹去灰尘时，灰尘的毛也粘在手上
但所有会飞的毛都不可粘在镜子上
倒是镜子里会冷不防飞出来羽毛
这光之毛容易透过阴暗
抵达你内心，你的心灵也会飞了出去
你隐秘的内心此刻空洞得镜子似的
什么都可以装进去，但什么都没有留下

透过月亮看见的一样，阴暗中也在飞
你是难以入眠时借着镜子到达那里的
你总是梦想着能够到达圣洁无瑕的那儿看看
在你醒来能飞回来时倒也是能获得干净的人
也即是在没有手中的镜子时也即是失去内心时
能有个月亮可以借个鉴，能满足一个飞的幻想
你能飞了这个世界也就静止不动了
看见你会奔放得像在一束光的雕像之中
你已完全化作羽毛的身子，整个似的大切七八块
融入在音符和冥语之中那般，飞了进去
在镜子和心灵旁侧，你犹似背着陨石和湖泊在飞
甚至，你也背着整个世界在飞，缓慢的，像双蝶的翩跹那样飞

原光

这个早晨，你获得一笔不菲的原光
这一扇探往之窗已在虚凉中关闭
这一扇窗叠着一扇窗的幽暗之读
已近不了身，在不停往外倒失眠药渣
在散发摸近岗哨的原野气味
在未达到八九点钟时不被升日蒙蔽是
树荫已把青春气息举得更高
你投了进去，她的胸怀是那么深邃
似乎永无尽头，却也会通往别处
你在这处行走，神思却在远处的水槽蹲着
松鼠猫玩着松柏雾蹲着那样
那未含满原光的水滴笔直依恋着
仍不愿落在嘴口下会唱歌的荆棘花时，你获得了
这近似虚凉的原光，像新血液不停地喷升着
在会唱歌的荆棘花处，在即可现出预见光处

这个早晨还是拖着带响钉的木屐缓慢来了
不可多逗留在天空似的，一会儿又隐入幽蓝深处
露出不可去煮的半截鱼鳃和山脊处的麻布旗那样
在你独身通往的来路上，也已多了几位来历不明的人
想要伴你近身，重去做幽暗的翻身之读那样
他们有时蹲着，数数路旁的新草丛，他们有时
突地转着向着东北方向，伸长脖颈大声呼叫几声
似乎这个缓慢来临充满原光的早晨跟他们无关

而你就是在那扇未打开之窗，冲着虚凉离身远去的
撕裂一张薄纸般的预言图案那样，你缓慢投了进去
而你要获得其中奥妙，原光却已充分得，你已无处躲藏

芬芳的钩子

有芬芳像微些迷幻的钩子，钩住你
钝的一端是暮色花盘
尖利一端是用光线抽丝的绣花针
就是二端出示的淬火簇拥
你的呼吸通道，在通往没有心灵座位处
呼出一口沉积多年的腐蚀意志的恶气
是在荒原饮多了，诗的痴性添增防化学剂
一尾游走又游回的爱情加厘鱼
吐出几个气泡，在岸上的颂歌部书页码上
你呼吸的芬芳之身恍若是从颂歌部书上来
你的隐晦屠宰场，你的暂不放弃城邦
你的残枝败叶的座位
你的已被钩住之身，只能自己解下钩子

比把浮光悬得更高是，远方的眺望
远方是平川夹食的归途
呼喊仍比流逝水更悠长，水粉的钩子
近似地土弹向之嘴钩住簿册
近似起重韵句的马群，出栏之粪压住升日之香
跳绳的蚱蜢未被风干之香
你的不屈的心灵在哪儿钩住的双身腮

仍是暂未去讨救腌肉瓮开启辉煌时
黯淡的虽败犹荣，你夹食了那绵延的塌陷之望
连同旷阔也能钩住你是，幽蓝之钓，钩不住猎奇
是你能在爱情和意志间，把死亡当最高礼仪赠送
是在你的第七个幸运日降临时，能被挂鸽旗的窗台钩住
是在你单薄之嘴吻上厚雪朗读时，能被颂歌书页码钩住

数着影子

阴暗从光中隐去，你数着自己的影子

无数中的一个，独自在无数中挥舞
石头缝蹦出手臂，臂膀开出花瓣
那些低头赶路与抬头望天的人齐拥作一个支点
一会儿失散又一会儿拧出水来的人们啊

喷吐烟雾，光呼喊就把沉寂堆成山
他们携着家眷、狗、瘸腿的禽和痛苦

他们
向一扇黑白窗走近
云朵鼓动旷野
来与挂满瞳孔和筛漏丁当的树讲话
讲话很轻
像蚊子叮咬子弹
讲话很重，他们辞呈月光，走向波涛。波涛来内心筑城
也筑鱼不吃人的城。也举

人不煮食鱼的鼎。那所在，滩涂一片
滩涂也举起和平的旗
旗也讲话
讲血红红的讲骨灰白白的共同合成无数人中的一个

那血也飘起，最后一滴像一所公寓呼啸而过
灵魂归宿的住房
来交换世界的传票
噢不，是来拆一个命令死亡的长形封条
上面太阳的印章像张开的嘴讲着幻景的话

阴暗
举着锤子在陷阱站立的面额上挥舞
任阴暗锤打之人方显出坚硬意志

你听见，心骨的铿锵之声吗

这最为慰藉的话语之锤

光中的失散人
城池失陷和大海停止在
你数着无数个影子的跳动中

石蜡的哀鸣

石蜡点燃，烧伤了光
光隐去
生命不再被描述。生命是另一种语言，或是呢喃
塌陷在声息中，它自己的耷拉皮，像退潮的海面
眺望可以使用，但手足够不着
眺望就站在手足上，光一直烧着
那个持石蜡的人从早晨出发
又从正午返回，不跟随人行道，人群中，黑洞被挤破
心被分割成无数个心，不安装在胸口
胸膛上跳动的心随时准备着逃离
你不知道，活着，只感受到生命在煎熬
光一直犹似烧着肌肉的烧焦味烧着
你自身像一支活着的或是已死去的石蜡

应和之声，外面的世界不仅是有安魂曲
肉体叠上肉体，痛哭或狂叫，一阵强过一阵
描述它像遇见抓丁村的圆房
刺光还在生长着面额
想象是生命最大的疾病，至今是否仍完美无缺

热泪落地润泽哀鸣
灵魂从地貌粘上家什，活起来
你要说声什么：光挤压着手足？
你要称呼它们：石蜡点燃，黑暗借光安居

幽灵食物

死去活来，一派胡言
诸神给予桌桨，划动
给光，光中投来锹镐和磅锤
给绕开黑暗的开垦，开垦出新思想和良猪种
面对时日——给予虽是假的
但确切未曾给过比大理石稀贵的“死亡”

这万张面人张着云朵嘴飘游
不下雨水却下活鱼
你拿来煮食，也把天空煮食，用上幻想十层天
你就住在十层天上
你说自己非人，一派胡言
上面，没有第二个人，伴你偷窥和相思
大地上，尘土滚滚
衣衫单薄的爱人，住在狗和蜗牛一样的平房
说是理想国，唱起的美好的日子太阳平地起
唱得，活人，泪水涟涟
唱得，诸神，死去活来……

松尖，萤火虫国
解冻的星座投奔而来

也就在昨天，歌已不唱
万物停止在大海上，海上走上来的人

背着石头，一边走，一边搭炉灶，一边煮食石头
烟火四起，石头发出了爆裂声……
你听见了吗，这歌唱声，这石头的爆裂声
你分得清吗：从歌唱到石头爆裂，这本质之声

而黄昏也煮着食，黄昏是天上最大的一块石头
而当所有人，背着石头，走回大海，大海已涨满
大海呼声渐竭：生命给予之神，也是假的
而晚霞斑斑点点，已孵育成，天堂的嫩芽草

港口碧波耸立时

这里的芨芨草比辣椒树多，有将军之家，遮掩你
羽翳发亮
枣马单骑
高过瓦当的冢缀满碧波之窗
这里有未畅游过对岸的足印把哨卡当枕畔

这里还有一绺未削落的秋天头发晃荡
多年前的村姑变成寡妇，说是未唱完一支天鹅情歌
天上死者捣鼓的星的窟窿灵魂永在挑拣复活的瞳眼
一只瞳眼输给另一只瞳眼，是阴暗把光明当目光骑

女人披着羽翳飞行
男人骑着单脚马回家
碧波之窗喷洒洗涤罪恶之水
每一滴落地之水都已泄露隐秘身世

尘土栽种忧思处变作闪光的宝石
你伸出双手抖擞和手中的酒樽依傍它
这里的夕阳落入蔗园又升上海誓山盟之唇
你的嘴唇铺满咬碎的金子又多刻上几条情欲皱纹
你的呼唤被打旋涡的油轮挤得发痛沙哑
你那呼唤啊曾是发愤的鼓声震塌了多少梦的峡谷

女人的哭比唱歌好听
男人都把一颗澎湃之心留给沉默
碧波之窗梦想着有一天家会结出蓝色血液
将军呀鼓声呀呼唤呀油轮呀都将是其中的一滴

这里的石臼是已获得跟隐秘通话
你抱举它就获得顽强意志赋给“不老”的一句话
胜似你腋里长出青春草瞳眼内涌溅闪电的牛奶
那天上的死者扔掉开启宝藏之钥，却不扔掉比云团软的骨头

这里，女人是男人的肋骨
这里，男人是女人的羽翳飞行
这里，碧波之窗是灵魂喧响的家
石臼一句话赢得天鹅情歌，铁网缠身的寡妇都变回看管荷花的村姑

光明中看管多少聋哑者的铃铛齐鸣发出清悦悠远的和律元声

早晨、民谣

已给你腾出来——眼瞳内的清晰，窗内
孩子伴婆婆玩跳珠
跳珠攥着多少双幻影的手
十指张开广大之力，从旮旯，跳到台阶

你就专心读书——书上没有王座，只有，古怪词
生活的七嘴八舌、暴风雨，和残余的白灰
你只是懂得：暴风雨中要挺直身子

你还想暴风雨变作癫疯的摇篮，在内里飘飘然憩息

早晨醒来，睁亮眼睛，就看见爬上爬下的毛虫
在蚕食光环的激流之上的花蕾
你听民谣唱：毛虫缠进花蕾，就变作神了
好了，别伸出铁铲残害它们
就让这钻心的民谣的毛虫，缠进花蕾的天国，挺进、挺进

好了，就听这——生活的毛虫，幻影的民谣
和着唱：孩子、跳珠、暴风雨、摇篮……

小海蟹，吹泡沫歌

号角吹满水，头上扎响的红丝带
小红钳子蟹爬呀爬
小红钳子蟹挤满的家，又爬来大红钳子蟹
你忙喊着：大来吃小了，暗火山产卵了
你的空肚子真想替它们长出黑珊瑚草来

满水也是会呼喊的墙，大海的墙是平躺着的
那叫作“帆”的草就长在上面，飞银鱼撞击出元音
星月——以天为食的飞蚁韵脚

上面——那死者不屈的倒影
都活来，伸出手纺织花篮之岸

在下面
还有漂流瓶
像被砍掉脑袋的人
脑袋再叠上十二只脑袋
也已不再为谁卖力的人
不是扎着红丝带
而是顶着空草包
空的
没有歌唱水爬出来
缺胳膊人，墙的钳子
举起的吆喝：

你的
暗示之海
拖着火药箱产榴莲树之卵
你的失败于水的海，竟又活在血箱里

大弹头之花，爬呀爬
升日之果，爬呀爬

那阴暗挂花篮的两边，桥闸和投标的彩旗纠结一起

满水吹：强的欺弱小的
空水唱：多的赶少的

太阳
撞了一团火焰的蜂房
一具不朽的小尸

无盲人日的节拍

疯语似呷嘴的烧酒，在
那活着的残余的希冀之上

你策过波涛的马，赋予整部大海的腿
上帝是其中的插图，闪耀一次，去挖昏暗中的歌
你就戴这模糊斑驳的面具
在最后一次相亲的脸上，掉落

无人，无暴风雨的白昼里

白昼是一个人圈，放出许多牲口
白昼也是举着搓衣棒槌的妈妈，来打你，打进夜的怀里
把护心镜打成月亮，把萤火虫打成游星
把溅岸的涛声打成盲者，盲者说：他给上帝教过书
……
教成诗篇征虐全人类的节拍

秩序片段

飞翔来梳你的头
仰望变成月挂树
海干涸在火烧云上
你手举起的杯酒浇灭不了它
你哄过天使，用诗篇来交换身份
心灵被刨凿作人工冰湖
那爱情的戏幕要由死亡的双脚丫转地上演

就在这个生前的归属地
遇见那个用枪托围作家栅栏的人
那是一个无法跟时光搭上话的人
看见他把牡蛎壳敲打出声响
在枪栅之上冷凉的准星重又涌现出喷泉

在这里时间被沉寂收缴
肉和骨被扔到窟窿的二边

好在陷阱和深渊被玫瑰园掩埋
你就唱歌吧，满村镇地唱，唱到冰雪融化，唱得
冰雪使大地赤裸发亮

大地就是硕大的花朵，你闻闻它就能闻到灵魂的芳香
那灵魂躲在黑暗里也来与你演戏
它把大地掰作一瓣瓣的花瓣，你歌唱它，它就焕发光彩

你践踏它——它就溅发鲜血
水草和港岸皆成生命的鲜血

也用幻影梳头吧
也把思想，装上丹凤眼吧
瞳孔转轴，看见的是清晰，不是混沌
看光中打孔的人，一个个像光漏了出去

暗影

所见的未曾现身，你帮着思想说话
说糊一个人的世界，飞着地窖味的门缝
你，手中握住一只鸟，是比树影高一点的晚光
好好款待着

讲好的
要说到双瞳流出白水泡为止
去掏黑心窝内的稻草，椅子结满伤心藤
向未命名的星飞去，像老病死人醒来，爱在那边发亮

无爱的人列出一份幻想的清单来款待
犹似大海款待太阳的湖泊，明镜款待虚假
你的十指款待慰藉，你，一只鸟，扑腾飞起
就此变更所有飞行的轨迹

天大的
胸怀就此紧紧揽入——宁静弥足珍贵的气息
朗读不过以孤单为题的诗赠送你
你说话讲到爱的世界糊了为止，化为轻风细雨两翼
忽东忽西，忽上忽下来拍打：即是以这，拍打
葬礼般的声韵节奏
好好款待刚从地下室掩门上来的叫不出名字的灵魂

浮萍的嚎叫

受虐于一个诅咒的词——浮萍大街小巷的嚎叫

水，就以流亡之水辨认身份，一点不讲蒙面人的假话
就把水，当作断头的琴欣赏，饥渴的咽喉满世界飘
你，情感来陪伴的枕畔，是比手掌大一点的狱地爆破
五束光撑着五个窗台回家来

老妪，捡回灰色的流浪猫
刚要过几个屋檐上的云雾的安稳日子
大白日下云雾是流畅的公寓，所有的贵贱转瞬不见
在云雾未变作黑火焰前，怕幽灵来变你，嚎叫乘机来咬你的耳根

疯狂的，吹空酒瓶子索命歌：

石头，比水软的石头，都以沉寂之波打水漂
多么上乘的隐秘之语，还是那位逃亡人的孩子，读懂它：
水愈荡动心愈平静
十里内的杂货铺，叫唱的冰糖葫芦车，屠宰场和磨刀霍霍
浮荡水面上的石头溅出血来开作幻光之花

那里，你开着敞篷车去过的
那里，是死亡活在大海上的假日——日升日落如此安详
你那双揭开蒸馒头锅盖的手
划动弧线惊醒群山，犹如爱的嚎叫惊醒了死亡
那里浮萍搭就的窗台重来装饰你面容的风景
直到新的太阳扑灭滚烫之涛也扑灭你的气焰
还是那位逃亡人的孩子，对着窗内，把比水软的石头投掷成神圣的骨头

同自己说话

阴暗中要起讲话的润泽
我们用想象绞死静寂双耳朵的绳子
苦难之蛆爬了出来
直到目光里涌现银白的枝丫颂

花朵也是获刑后才盛开，时光之心
你的一颗心开凿另一颗心，从丑变美

从虚假到真实裹住一个世界未被拍卖的外衣

皮肤被星光拉长，乌鸦不对黑暗发誓
烟囱下晒红枣之人，嘴角露出一丝惬意
沉默分开喧嚣的人群，把爱情讲成坏天气和橡皮筋

像讲话讲来一阵风雨
我在想象内畅游并且游成一条河流
从深浅到浮沉
讲话搭作成自己的彼岸

飞鸟衔来歌谣的种子
在栅栏围成圈的上方，听有思想的喷泉和舌液

依然这样爱，这样生活

给黑夜披上夜光的衣裳吧
像玫瑰唱一支爱的安魂曲

你的手中还有积雪，还是烛焰
这手，不点亮烟卷，却熄灭门上吊环
你说话带着闷气，也带着洗涤千忧愁万悲劫的光环
来挂远眺黑脸的白脸
但请你别伸出手来拭擦泪水
这泪水，只为目光的中流砥柱流，只为眼睛真诚

我就要因为无爱死去，像把鸟绑在笼子里睡眠

那天空，就因为要变作天堂，星月都在祈祷中流亡
落日在高林的砍伐中救赎
就像这一只按住胸膛的手，像烙印，永揪住难测之心
直到心内填满冰碴，直到心内飘出船坞之灰

为何在旷野的漫步之脚刺痛家园
因为，那带香气的脚步，不肯在墓旁多逗留
你只是把家园认作墓园的衣裳，黑夜通往夜光的捷径
生命：从生活到生活，从死亡到死亡

就别对它们起诉：那只是一束偏离时光的筷子和箭镞
筷子来夹美好食物，箭镞射向爱之心靶
永恒的肉体之歌，向自己述说吧：即使仍在忧伤生活
即使在快乐中死去，你，来站自己的山峰，你，来填自己的深渊

雨夜，忘劫水

你的手中没有水，时光对于你，忍受伤害的水太多
我要用绛紫色周旋你，使你，走出灰白色
像一只隐伏迷茫岔径的银白兽
赶大早晚的乌鸦又来到棕树上挂灯笼
像你念诵一丛枝丫颂歌，像你心头一块灼热的肉

你听见呼喊，但已失去熟识的滋味，痛疾何未品尝过
犹似忘劫水隔开纺织的两岸
之间，贩茶人在把残虹和军被互相赠送
直到看见船坞从一只眼睛驶向另一只眼睛，化作永恒的孤魂

直到你随同月光梳妆的发髻站立起来

那把幻景当珊瑚礁石捆在身上的后埭人
就站立在未上漆但能说话的窗户之铁上
这一夜，虽没有骨瓮内的午时水赠送，却能以雨滴溅击的火花周旋
这一夜，落雨像落铁砸痛你的头颅
之间，我的想被你的想隔开
但别怨责落日带来迷途，也别指望升日会引出终生的航向

秋天的手艺

等秋天一过，你摸不着秋天，成为收割的雪团

你融化了，成为你身体下面：一堆硬土
噢不对，是一堆征虐过的疆地
蹄印还带着蒲公英的光彩
等秋天从船坞上卸下货物，像罂粟花，像烧红的山羊腿
等遮纱脸巾的黑寡妇来拿

血涌出来内面是波涛休息的家
硕大硕大的来堵你的眼，你的窗，时运转暗又转亮
别再说事了，别伸出手指来戳你的心窝
那一只手曾握过一把刀赠送给一个无心人
一个人，二个事
一个过路人，向敞开的门，借一碗水喝。二个时间

就是这第二次的时间像风拒绝吹拂的远方

拒绝把黑暗吹给点挂灯笼的人家
风停止在挂满钥匙的房树上
拒绝把翅膀送给你，烧焦的羽毛一张张数着垂头丧气
你忍受着：浮冰更亮了
黑暗更亮了，在秋天，你把学到的手艺，来比试这远方的屠宰城

热雾儿

你可不是隐秘，像守护一轮太阳，从墙头爬出
又落入枝丛，海成万千枝丛交错的波动
海就像远山的猎哨，进出空白的心灵
那可不是灰尘投掷箭镞的绿地，在辞呈掬水的星辰

老的犬还在叫，你把滴着井液的桶绳，放回原处
桶散发热雾儿，就是这热雾儿比海的波涛亲近
像储存永有来源的家，那内面有金发的幻影波动
酒壶和镜子来簇拥你双身
你呢喃的双唇等着它，和被这呢喃熏了一整夜的眼睛
比现实还美的路，有时不是通往远处，却通向这不是刑台的井盖
一挨清早砍伐林木的人儿也带回受伤的鸣月兔
就是这再度使许愿忧伤的精灵，一看见它就抓破了你脸皮
守门犬一遇见它就战栗得毛发竖直……

海的波动就是远山的精灵，心灵到死还被这枝丛扎痛

风，老了

风，老了
它吹高的太阳，将变作奖赏的灰

海，退入眼睛的双岸，像更大的眼瞳发亮
鱼群，像天云伸进探触的手，在招呼什么
在家和航向之间，就剩下这一条路了
看见鱼如得到暗示：在荒郊担骨头的人转出岔径
一大清早，在唱祷前
风，又老在波涛静睡的手掌上

一到傍晚，风又把缠藤树和军嫂草
折叠、组装，再摆平在期待露水降临的屋顶上
风，曾用鼓声命名的双翼，飞不起来
就用卡车来运，运向比那山近点的远方
十二轮卡车像一堆冷铁的风在辗转
坐在车上走路，是断了风的臂膀之人
在乌鸦假装黑玫瑰为爱情歌唱时
风，却从未向攀亲月亮的石臼发过情

噢那曾得到过年青之人
假装用蔷薇墙之风，展开大海和呼吸双翼
你试着用阅读过箭镞和书卷的手，放它无人的家中
却放不入沉默多年的心中
是风，停止吹动，风，老了，别再用号角重为它命名

路过牯镇

只身走在屠宰的牯镇，没有痉挛

对你，不讲，不唱，不一日三餐
不在万冢上打猎消魂
那挂彩带的象牙，雪白雪白，十足颠浪的娘儿味

这哪里还有站立光中的美人
同你抖擞的双手合在一处
合成一半心壁，一半发芽的时间
一半熟麻糬，一半烧烤的鹧鸪歌

纵乐的，向瘸腿借来的踩杖
你站在生命削得尖尖的厄运之上，站在
摇摇欲坠如永恒深渊的案台上

一个假死神
在罐装内，摇一摇，黑夜变作白昼
黑种人变作白种人
白牯猪变作红刀刃
再摇一摇
听远处涛声一次次像蜂蜜冒险的旅途

大海就绕过这一摇，向星宿偷来螺贝
所有的曙色带着红缨枪都冲向你来

密匝的，散开的，那灰烬的航标船
短暂者，你
占有它，像比一支铅笔
虹，还短的路，一只手
放平手帕，放入一朵茶花，再包扎起来，变作一只逃亡的脚

远方只影

黄昏——落寞的海面
戴着蟾蜍面具的、帐篷内的光影

你救不了苦酒杯中压抑的残余物，养心殿的暗合物
这时间的副歌怎样刈也刈不到芦苇荡的尽头
试着用阳光去刈动荡的黑暗板块，其中，所有的臆想都将露现
这依傍着单纯的变色调的湛蓝

看见几只鹭鸶扑楞着翅飞掠起，这些要去空中军演的精灵
它们懂得自己是在骨瓮和星宿之间引领着另一个世界

远方更高远，像天空中悬挂的一条脐带，可歌、可怕的
那边的浮冰山，覆盖住幽灵的灰木塞
月亮像戴着窗台戒指的手电筒，照亮血肉模糊的江山
你把化作血水的一杯酒泼向远方已哼不起歌声的嘴
这依傍着军营和床的
火焰啊

远方是已衰老：这
与西伯利亚的风
基隆港悬浮的舰艇的探照灯
互为交错纵横的永恒陪葬物呵

这心灵寄宿的大地是已坍塌
再弱小的蚯蚓也能拱起死亡之石在树身上
树不停地长高，石不停地跳动
这些就要投奔向
上面兵演的星星行列的跳动之石
凭借未被砍伐的还在设防的树手

光之心

驭着光的、沉重者

一切显得不那么重要的，就只有
腐朽在向傍晚唱心歌，就
你用突围之意，向黑暗扔蹄骨子

这拉长的闷响，永不沾边天数的、演讲团
一波嘴啃上一波嘴，去啃两岸灿开的，一朵未糜烂的民族花
那起死回生的夜光之重父呵

像虚血中，你的手指向
时间的别处，时间站在乱石丛中
石块站成石屋，石屋内站着未燃尽的烛秆

来指你
你，不是蒙面的占牌小鬼
你是白昼摇晃晃的轴轮和桅林

在光焰中前进的，这只手
捧着你落下的二颗心，让你
看得比纺织的星星明亮，这
不带血色，不演讲厄运的心星
像在给失散人吹响的螺贝，上一堂魔术课
有的被教成云雀的耳朵，有的教成你枕畔的方糖

拉茬短句

像死亡之鱼，还在干涸的水中说话
你未曾遭遇的话说得，阴影变作会听话的花

你只身在垂落的光线上站不住脚
阴暗之光像来搬你的家，家空了，阴影安能居住
有一种搜救的声音：像未诞生的婴儿
在心里刺，心里的声息，怀着旷阔
旷阔，光中来，在互赠给予
那位想捕获天鱼之人还站在夜空下仰望：
夜星变不成游鱼，却变作果园之风
一阵阵转动餐盘扑上来撕咬，在你
那双仍还浊浪翻滚的手上，那，永变不成耳洞的瞳孔上

“阴影是在光中上升的鱼。”风说的话

你的，旷野
你的，餐盘

你念动一滴水

你念动一滴水——怎样穿过石
鸥鸟飞越海面，你的脸
但读不到你的脸是读到了黯淡

晨光上升
像白灰灰的石高悬
那地老天荒，还在用硬意志耕田
那天上人家，老灵魂仍在站在上面
星和水的幻影下面

这不是遗忘，而是浩劫的
顶着忧愤加酣静的脸的角落
犹似长满蓝宝石和图腾鸟的菠萝树
凌厉、细碎得，使寒光变作热带风
你的——念动滴水变作教徒的发声呵

家，也在里面
千年的铜绿，你，劳动的胸脯开始发亮
再向往内面，你之心
不再被带往聋哑区域和墓场
未被死亡掐断的时间
你就用这念动的滴水在敲打

那免用星徽编缀的花鼓，敲打沉默说叙肌肉

更多的享福之路
你用铜绿向愿望的尽处进发
你，用昨天说叙迷茫
你，用今天捧指新生
即是这滴水石之家
穿过你大过海面的心肌，你心之脸
你即使读到了大地长眠也要读到心脸发出光
这，晨光中的硬石慢慢地返回
念动的滴水声中

大海的夜晚

骚动的心和焚烧红豆的词并列
天上亮起的不是星却是扎痛仰望的图钉
进入夜晚，风急拍岸，但缺少与黑暗决斗之人
那披斗篷、舞骨长矛的勇士，久没伴闪电来脑中相见

这之前是波涛擂击自己的嘶喊，之后还是波涛击碎自己的鼓
你听见的逾越遥远处仍有人俯下双唇吹响捡骨瓮的夜曲
那声息不使灵魂安眠，却惊醒花束走起灵魂的脚步
直至水滴使狼岩站立，倒下是脑浆的栅园

爱不心盲

从夜晚到烛焰，从一颗心到火药箱
记忆变作天上的拾荒人
直到盲人的眼瞳结满祖母绿
每一个夜晚我们都是盲人的指路人

但
沉默时比不上他
腾出手杖来把大地叩得更响

这响声使晦暗的石室崩塌
使今日的田野，所有的大树小草整修成腾云驾雾的马鞍
再远方，呼唤的心语
把话说给一碗水和花岗岩听，中间是挨着永恒之家的黑磨房
直至等待敲响的门环上的白灰落入双心坎

水，比夜光重的水

夜晚，变作黑暗，被收入逝者的衣囊
长在枯井上的青杏树，雾来卜算，纯净的水睡在它下面
海的喧嚣在水的更为下面，偶尔被星辰悬索起来

白哗哗响的波浪，在比它毒的太阳下，喷溅比哭泣重的铅弹……

好的，这无心的卜算
带着祝福赶逐卷毛犬回家
我们无围墙的家，仍敞开十二道门槛，书卷当竖琴迎候
朗读如花蛊簇拥，天暗了，香气挡住病毒
在旷野的沟壑外，那迟归的异乡人用礁网嘴唱歌
那里，令人心惊肉跳的欲望填补着世界
那里，仍隐伏着要以栏杆交换枪托的原族人，从云楼跳下
……

夜光如同款待，鲜红的血在嘴唇的上空飘荡

玫瑰摇篮

摇一摇，沉默的碎语：
手还未回到你的手上
眼泪到更夜还未回到眼睛中来

玫瑰睡去，就是死亡在飞
琥珀挟持戽水人的白骨在飞
我们朗读、谩骂，用砍伐收容一切
吃肉者，在飞

不吃肉的月亮鸟，用波浪飞
我们就摇一摇这海上的摇篮：
两颗心紧挨迷茫之心、驶离

众手合掌为岸

就摇一摇筋骨相连的岸
就摇一摇眺望不含泥沙的岸
就摇一摇风雨化作行雁家书的岸吧

战栗的，呢喃之语到呼喊之岸
天来摇地来摇，萤火虫采集的蓝宝石之岸

胸怀鲲鹏的宝贝，睡在枝丫血之内

风光碎片

风吹稻浪，金灿灿的基督

风影如忧思，变不回你
你摸过异性的手丢在那里
恍若一个罪丢了魂沿途被尘埃欺辱奔跑过来
那卑微的人群中怎能再生育高贵的种

原光，不是稻粱谋光，把白骨堆积如山
你带着死亡、快乐，未命名的诗篇离开那里

那里，疼痛之心，向着花丛挪近
找不到婴儿之鹰
追着含雨云来带走你
世界，玫瑰，怎能交配成永恒之家

那里，交谈是来交换
一个只打制马蹄子的世界
你就随风飘吧
飘向曾经坠落的下面

那里，深不可测，那里，唯有月亮的亲近
碎片筑成封台，粉末
把王者的面相涂抹得破败不堪
唯有月光照见了一切
明亮和宁静
隐匿其中的猜疑和抵触者心胸响起蛆虫之风

也是浅薄者，畏惧瞳孔打散的晨曦
恰似悲恸行以厚礼之葬
扛尸的沙蟹探出小脊背
拱起黏土的尖尖砧
那烧焦青蛙前腿者，说：闻一闻，治疝病
也是怀上异乡病者，胸怀的焦土竟起千层浪的白

白得变成雾，再变成清，纯和玉石，你就拜这四条线

我们，臭虫放逐的词
我们，翻江倒海来找烙铁
白灰的年代，变不回花朵的家

你问路吧，也问聋哑的嘶喊者：

那生者，仍是大吞噬的熔炉
那死亡，永是诗篇见证的斑迹
瞬间婴儿露出笑容之光的基督脸

绳芽

迎面瓢剩的光泼来
听见涛声像在找风尘内的眼睛
看阴暗未变成一团棉花
讲一句话给旷野听等于白讲

呼吸的嘴未张开，你的
幽闭的心一瓣瓣长成纽扣上面的芽芽尖
你带钉锤的手指来解也解不开海誓山盟之光

风中的迷茫，你的肺闪光
光中的辽阔，你的生命依傍
这风光无限就是爱情，灵魂在其中活着

内面的死亡肯定是最美的一朵花
在那里的暴风雨曾未被抢劫
怯懦者依傍着幻想者
一个是地上的水一个是天上的云

你的眼睛用砂泪唱情歌
直至天和地，合成一对孤单的人，扯着断绳

罐子内

望如前兆，空洞如词
你掏罐子内的蚱蜢
你已难以猜测这只尘象的兄弟身历
你拿举一枚祭神的果子啃咬一口来堵墓嘴
啃咬也来自神的缄默
果汁伴同心河流动，穴勾引巢
水洼地像鸟群举着攻击的梯子
你的心跳伴同每一滴水在光中闪耀
你以此心跳听懂罐子内不是哀鸣而是诅咒
那世界起始于聋哑的纺织
从前，没有从前，你忙于收集屋顶上积聚星火的灰烬
你在掏无限中的夹数……

你对着墓嘴呢喃：出来吧

你的手指伸不进罐子内
绑上加长的塑料钩子，也不能
你呢喃和呼唤：恶和黑暗的深渊。但掏不出糖丸
死亡开始借用蚱蜢的身子唱赞歌

你垂放进无限中一只攻击的梯子

那只罐子，原是蚱蜢的家
攻击来自自身

你知道赦免也来自失落
你看见人群在更多排列的穴洞中拣挑身型
劳役掏空心脏
银鱼化不成天马腾飞
升日喷薄阴暗
花香如灾难漫入，走进夜晚如走进光明中

你只听见罐子内沉默的暴风雨一阵高过一阵

这里没有生活的焦虑

这里没有前不久，时间的嘴叼着铅皮，下坠
来叉你的手，手还未向脚要什么
心胸开始燥热，隔一堵闷喊的墙，火柴梗一擦就燃

火柴盒装着枯萎的花瓣，大地的心爱，大地培植的死徒
你为哭泣举行礼仪，伴用天使的夜餐
也摘星颗来煮不老的珍珠粥
欲望下坠，它的二片唇开始呢喃飞马的声韵
你给它像大海的鲜血，它只吸走其中的红，却把水退回
洗碗和口臭的水，它需要盐时就把你腌在伤口内，而你
仍在碌碌无为的水槽上洗劳役的遗物
蒸汽和虚光一闪，这里也没有以后，你的手套着脚套着
黎明——这晨光的继母，带着阴暗的儿孙，绕膝微笑

这里也没有诉说风尘世界的人，痛伤和希冀都不是

落幕下的孩子

你无心喂你的手指，孩子，张着静卜的嘴
嘴，要说出什么
对着圆的星，那光的彼岸
那像用水绳献艺的刑台舞者

孩子，忘劫中的孩子
手中握着双面镜
照见日月上的疤痕
另些持刀人，跟着海水汹涌，爬到日月上，切割金蚁铁兽
这判决时光的铁兽嘴
在吃路中的红草莓树
也吃尽周边呼喊的砍石，直至把风雪欢庆成颂歌簿典
直到海水爬不上衰老的瞳孔的皱纹

那绿色拱起欲望的村庄，在荒芜中闪烁
那年迈的母亲用发髻上的玉簪指印道路
—— 一端是壕床一端是崖砧的幸福路——
更多的哺育者用转轮来探访
像菠萝果和奶袋围拢住你
你的手指喂入孩子吮咬的嘴串动乳蒂的光晕
但母亲站在日月上用全身呼唤你
那是多么神圣的惊人一幕：
被吮咬得疼痛的世界乳房喷下玩耍之泉

想象撕裂的

还未成熟的，看见你，身子还战栗
新思想把旗帜当作男媳妇
风尘从未放弃追逐青天一色
刷洗烟囱的戴镯子的手，长出银杏树

看见你，用深瞳内的水，测试钓梦者心肝
鲸鱼代表大海的鼓队喷发水柱
让要去捕获上帝的人恐惧三分
大海，波涛铁流和岸，永伴你心肠咆哮

飞虫失鸣，诗歌沙哑，看见你
爬动着，靠近一次又一次，寂静和金光之间
那天使肉缸内腌制的屠夫的耳根
统治者未打算给明天的阵地赶制面包人

老诗句，复活物一

圣杯，可还浸泡你透明的心肝
圣杯，不是在恶人手里而是在超智者的企图里
帮一群瞎子念咒去邪

倒照见深喉的血，让你喝
光，穿过迷茫灯塔的光，也让你喝
你
喝这变光的血，这，复活之花
千万年来
肚子仍空着

那条——通往阴暗变家的路上
仍围聚多少伤离的人，在帮自己的眼睛，挖死者的喷泉
那个白鹭暖孵冰霜的盐碱地，明月展开翅股投照
四四方方的活水墓
打滑而被锉刀磨过的灵魂脸
也开出花，也发光
你，撞上飘散，你就看见自己
从不恐惧的身影
依傍变形的圣杯，在煅烧，在上升
有，仰望和赞美，再宽大的天空
也会给暗星一个脸子

萤火虫国

“国家，怎不存在过。”谁说的，和稀泥话

星的座椅上
蝙蝠磨蹭电波之光
云层爆芽的诗篇，靠它们

出格、赋格——晨露、潮流，一个民族诵读器，靠拢住
一粒粒血和汗
煅烧一个个流蹿的伊甸园的鞍

你遇见：谎言的耸立
手指尖上能跳的酒杯
你呼吸，加入一块冰糖，喝进沉沦，不是理想
你瞭望海面疯狂的不是家犬而是舰艇
迷茫倒着转，和平倒着转
那些，疯想家，在把波涛，钻探作枕畔
你的瞭望就是想象对岸，怎多出一只萤火虫腿上的国家
那些一个个轮流着发光的聚散人，身心倒着转

那些一个个叫作“神明同志”，二层皮，一张嘴
讲话，是背负流蹿，并不是灵魂耸立

遇害之诗

是被早星遇害的
是在光中上升为蝌蚪形的忧思之诗
云雀之诗
隔着一层天庭绿的肌肤皱皮，隐伏无常
仰望不见
朗诵得见那样
忧思不是忧伤那样
直至
凭空拿证的无头神人来了

那个人
骨头总是露在肌肉的外面
远远望去
像写有鸦片文字的泅渡船在行
有点迷幻的遭遇
应是恐怕把无主儿的组织弄出声响
这样诗的忧思的脸体皮
冷不防会对昼夜交替空放一枪
只好任由
用蛇皮弦线松绑的念祷词
在结满疤痢的审查官嘴唱

犹似旷阔的底儿能翻过来
一粒砂滚回世界去
诗是写在硝烟箱上的
而不是写在乌鸦的翅膀上的
诗人是要给死亡端去一碗清凉之水
而不是等着死者送还纸钱、锤柄和枪眼

是起风了——从苍蝇榨酱厂
改为从猪杂碎同盟会吹刮来的
凭空取回审判之灯的无头神人还是来了
在从未放弃与一滴清露争斗之时
一滴血滚回心脏去……

空地起自担架

二月的灰烬。在三月
向日葵园去救赎火焰抱团之前
抬担架人
把最后一只瘸腿的乌鸦放了上去
抬担架人阴影似的走了
那只乌鸦化作一幅画飞了出来
乌鸦不会输
乌鸦不会对着跳肚脐舞人欢叫

就在这地
我们遇见未梳妆成罂粟头的汲水妇人
都在咳血
原野竟是那么白
人影皆无，滴水不剩
就在这地
在起雾之前，你不会对幽灵的发源地打主意
也是在担架和呼喊抱成团之前
把最后一把通病的钥匙放了上去

二月的灰烬，三月的乌鸦
不祥之泪滚回瞳孔里去

起雾是给荒芜之地抬担架的口径

时间之举

不入梦是——与头顶上含苞待放的芥子花
保持平衡
听被盗的面纱在不远处叫
他用双面光的簪子测试预兆的冷热
时间的黑铁饼
寂静争吵的轮子击中它

那闷堵之语
全幅画卷还差一张油漆墙嘴
稍晚些场面是被游街的老妪唱诗班掠过

还允许在赋格中栽种原乡炉火

而挤血的时间，还是把他全身举到
卧有幻听的经卷残页上
听那边的世界在诵念中叫
把他举到只剩下一块赤褐色的肉
是比流放的石头之词，比轻还重些——

还允许他启用占卜术代替蜂窝煤烧起来

还允许他花掉养毒蝎子贩得的银子
容易生锈的东西——在花费他腐烂的肉体
他还观赏得有窗台之病的孤梅傲雪之景

仰望能把天空放平——平面上再放些不屈之人
时间插入他是
让他化作橄榄枝，在胸膛里低泣
那铺天盖地而至的，应是煎熬中的鸿鹄之翅
那悲鸣一声把他举到退路处
允许鸽子之路
通往橄榄枝和祭歌，也通往冷热之家

水仙之死（局部）

怎样申请到她——
动了水仙主意的，穿长裤云的一个人
噢是动了镂刻刀，灵光一闪的半个人
就请
赤身裸体倒向水洼地之身
不要为罪定死罪

书房撒满白骨灰和琴的断落指节骨
噼啪二声到了破损世界期限

老骡子——拖不动过山炮
却拖累思想合格者的脑髓和胃

太息美妙放进马达犬去咬
还是在噼啪二声里相见恨晚

风声，终于赢了飞行

绷带解开，好了——
请别再对落暮之日倒月经血
水仙之死——比死亡之光猛烈

正午，拧你的

生命活在上面，我们的头都朝向下面
套着头，吃着泥巴，在脚趾拧铆钉
拧不出比光还炽热的血来
只捡拾些筋骨回去，正午过得比傍晚黯淡
一路遇不到手持三角旗打招呼之人
只有兜售鲜活跳动的眼珠之人，打着鸣沙山之语
天地变换着钉铆钉，傍晚变成早晨走过来

正午遗失在哪里？我们之间只差你一人
像在鱼翅上翻找大海的疤痕
在刀刃的双面互通伤痛有无
那能修辞刀法之人，仍以障眼法和巫术谋事
那能吃上正午的草莓之人，口气充满大理石的三朝气味

你，像
身在下面心在上面，脚踩在脸的内面
这一只虚幻之脚——天地的脸在哪里
偶尔，它会扔舰艇的绑带脸给你
正午，你过继的偏离的太阳之主，却扔过来剃头刀

和钓鱼竿，剃头刀去刮活石柱上的苔藓

钓鱼竿，给个别好悬浮之人，跨坐屋宇角：
向缠绕的云暮处，钓眉清目秀的伯劳鸟
也向孤寂的窗台，垂放下爱情和死亡的水仙食物

像东北灰蒙蒙的正午，用修整的黑土广场撞你漏子……

乳名

有些蒙在那里的时间，未被过问
潮湿的名，你的眼睛，白搭在那里
那——可是只适应探望的家
星光绕开它，来凿击，你的胃和脾

在你的乳名被唤起的原处，读不上
亲切，是真是假
你的真名，遗失了——直到你生出另一个人的姓氏
肉体被光睡过，灰尘摸过
被轴轮摸得比轴轮更亮

暗绿的双重挂，转呀转
你说话，说你的名，说好多私情恩怨
太阳也蹿进来，像一头牲口的恶意
绕开它去内屋搬陈芝麻烂谷子

潮湿的永恒之久
用深邃的时间打捞你海洋的名氏
说话说你的名，你的命，直到你说话的眼睛翻白

凿击的家，绕开世界一百周，你的时间和私情
你说话，说被恩怨摸过的乳名，摸得门板哐当作响

小年份报告

那白年糕，你误会的：雪和火焰
你最终获得一枚果核，向夜晚，弹跳佐料
最终，像五个人重又垂吊下深渊，冒起海的水泡

生命，大脑——不是调适，是假想的
犹似久未逢甘露，天际也插满稻草出卖
空荡荡的，飞石仍能挤出体里的积水
一幅比死亡不固定肉体的廉价之画
尖叫——像仿真手枪击中孩子的母亲的子宫
那位盲目痴呆者，用松尖穿串萤火虫，反唱锚之诗句

“有时月光有时星亮，有时窗户更明亮
而你的盼望烧起来，恐惧变成装满昙花的麻袋
最终，找羊迷路的五个人，分成隔开的五个星期，扛了回来……”

再隔开下去，就是远眺和蝌蚪
就是——变不回草莓席位上的两性人
就是——伸手想从自己的瞳孔抠出白银之人
他们，细语数尽水珠，使眼神提前结作水晶
他们，偶尔过度的沉默，提前生出五只脚的朗诵者
后脑勺上的，折光从不伤害正午的钥匙之腿

小心翼翼地，恐怕把旁侧的思想踢出漏洞

你的语音不全的朗诵者，一边吃白年糕，一边念出：
“有时是生命光，有时是死亡亮”
“天啊，每个人的隐秘怎么都弹跳在后脑勺上？！”呵，这年过得

你的教会不是来读真经，而是教孩子们怎样描绘母亲的子宫的弹跳……

废墟，打滑语

假石膏像打碎的废墟，你觉得好玩吗

你即可以自己的小脑袋试试：
拍打活石柱，向来能预测到什么
你以隐秘说的话养有崩塌之语
每一天重复一句话：神从烟囱爬进来了
来得最快之神，仍是那只鹦鹉鸟
学舌学得把他妈的叫作是“干马的”

你即以心灵的飞翔掀开天上的缺口
异想就落自那里
仰望就填补在那里
不异想不仰望之人，被吊停半空中死去几回
直到第五十棵枫树，被电动拉锯亲吻作颂诗句
直到每一张结血脂的枫叶，把云朵嫁娶作绘画之家
最美的幻景就露身在那里

吉祥流连忘返在那里，你以喊叫捆绑的有红豆馅的粽子
二条缠绕线捆绑住离散团聚二端
从前，是你改抽火柴盒去投掷火药箱，你觉得好玩吗

灰烬散落的悲戚，在那里
晨光搅和漂木的告慰，在那里
雁塔倒映池塘里的蛋糕状，像为废墟做生日，你觉得好玩吗

怀乡病，又来了

插入你，疾病，分作四片体

是的，赎罪，但不用力
败坏睡眠的，那白羊皮搔痒痒的蹦跳来的
那吹黄土高原风来的

矮了闷喊半截，看竹竿也插入
托日影偏斜的福，再也不谩骂
日影沉船来的，焚烧了全部隔阂
谁又向供奉桌，装上水桨

你又游动，一扇旧木窗的感光里
是借着盼望的疼痛漂走的
踩着羽毛，比踩着词还尖挺
那个原乡，名叫“后埭”的家，那个叫中国的
一个原乡里的小小的家，踩中原节的鲜笋尖来的
你，遭遇晚虹像绑带

向下游游去——下游在最高的土堆上，城府有多深

上面有多深，旷阔之墙来的
你学会了鸟，与树枝发生关系后，揪出肋骨就飞走
就像，那一张供奉桌，变成桥墩的水蒲公英在飞
就是你已有来头，幻景不再
化作心头的甜疾病，隐患之糖来的

谁又向你闭塞的嘴，喂入钟，插种水仙和手杖

清晰仍是声明

带走回声，沉寂必不可少
弄乱你所有讲坛的耳朵
你听见自己双鸣的耳里
轰隆隆传递一排排铁栅的洗澡声

你找到被宠坏的词，撵走它
透过比鹅卵石参乱的乌鸦蛋
看见那坚硬的、自强不息的
犹似炉火烫熨堤坝夯歌，手指上的翅膀之歌
那死亡被灼伤了面皮
才来找候补的人体

星排列的光内
怎会有你突围的身影
像一桶前景的精髓慢慢提升

那下面，生命被重新命名
储备的未成形的墓茔，火团般滚过
新天使来不及谈判，来不及说出：
这世界——怎么使人结队纵身跃入海洋

每一个人仰仗的水滴
噙住上升和追赶，比辽阔还清晰的水滴

这世界，像心之歌凿击，使埋入你之光倒立

这一天

你学不了那圈套，这一天
口以心声，说不出能被唤醒的话
发不出
平民们的，第十三块琉璃石碰溅的火花

房屋觉得在下沉，烟囱喷吐着脏水
三角旗拔掉，墓茔用铁铲铲平
这一天，飞鸟在啼鸣中融化
老人带着狗也摘路旁的野花
老人变回孩子去，高贵得站在阳光中的孩子
仍把手指含在嘴内，唱乳房的歌，拥以鸽子的节拍
胡乱一通亲切骂人的地道闽南话

菠萝树搭上广播线嚷上东山打工

那边的人工湖一泻千里而下
白粼粼照亮生命之间的互不设防
这一天，船绳揽岸，气球升空，像流年、温饱、忙碌
把满桶满桶的水仙倒向空中的阳台
把满碗满碗银鱼的眼珠端给邻居的瞎子：

至少能以手中的拄杖向夜光挥舞
这一天，平民们以酒杯划桨，说：流亡，去死！

滴水岸

下午没有岸
看上去，有几滴恨水在手指上打转
这边在浣洗歌唱，那边在强拆拦路石屋
看见你，在捆绑未送进暖灶的柴禾

鲜黑的，几滴铁锚吊住的水
几只海鸥盘旋像放进刻盘里的留声机
面影磨蹭面影，面馍团儿
看见你，举手做祈祷样，在残留诗意的啼叫声内

那落日，永不设防的，合法的伤口
跟随后面，东山顶来的马戏团，摆开饥饿的阵势
谁在向上面投掷硬币
那日，就是硬币，落在头顶上带响声的岸
散落的家，和未拐走的孩童用过的镀金容器
你，说着自己听的话，你，自己疼着

而夜光就站在榴莲树的果岸上
看上去，一个旧镇随着沉进磨豆腐的水汁里
近似虚凉之光，就冲你打压过来
就剩下这几滴会站立的水，在一线拉开的挡风玻璃上
站得比油轮和松树的折光还灿烂
就是，这二三滴劳作之水未把你带进埋有死亡的窟里
你迎着，向自己露出黄尖牙的灵魂笑着

暮年，小意象

你有暮年之惑，在脱齿龈的声息里
隔着世界
世界隔着你，一只未卷皱作纸的手
在眼睛里一滴未被挤痛的药水
细活者牵着麻绳游来

你的脸上被看大的太阳，游来
你的儿子在用你母亲的古铜镜，洗现光澡
心和心彼此绞合成了万年青树
光的树，结光的果，嫩芽喷出火星
你的头顶又换上装满死鱼头的吊桶

扶救的，呼息
挂铃铛的，又载满一个昼夜的火灰车
世界——已死的方舟就住在里面
花词伴着思想的余烬安睡的居室

你自己展开双面蛾的翅，游来

别让孩子去打捞倒映河面的星，一刻也别逗留
赤裸的死者还握着锤子在眼珠的后面做活

背向你，世界，不是以旗桅，而是以钉子，游来

心旌调子

用手拨开苦汁的翅
你受伤于，那比树大一点的水的、视线里
那阴影绕过脚指头
绕呀绕绕出玉下坠子
也有小红碎石把肉块，压出花瓣
你想摘几朵试着吃，在放飞绿色歌谣的乱坟岗上

嘴唱歌唱晕了的，抹嘴，带出
能说胡话的爪痕
在蚯蚓字母交差的居室内
你已经分几个昼夜未遇上太阳烤焦的手爪，碰撞上运气

流光淌着蜜，马鞍像一个伊甸园的蜜

而灵魂大小，紧挨着糜烂的麦地躺下
视线里，看不见，硝烟的舢板摇过
有鳏夫和寡妇双身的时性，一溜烟摇过
带花的鳄鱼头落下，桥墩像蜻蜓飞掠起

嘴、阴影，苦汁儿摇过
心翅

你，别去抓伤它，剩下一丁点儿
静默和呼声的家，你的家，还套在他人家的合壁内

那家，鸽鸟和灯点缀的家
那家，装水泵人和过路人，察看和探测一番
空得像在淘宝的回声之家
又似那只在光中撒白灰和收整红绑带的手，抠远方的圈
向你招一招手，就淌你的蜜

仰望尝上天堂的口福

别太在意，别把鼻尖上蒜讲的话，揉碎给心

能闻识的尘星，穿着散纱的裤子
上边缺瓦的庙
在用袅袅烟火乔装打扮自己

仰视像云雀散开
沙漏和罗盘，算到第十七
像捧花读书，只缺少食一顿，便挨饿到天明
比你更饿的那个人，唱歌走过，隐身在歌声里

他的手中握住未发出敲打声的锤子
他的硬腰上挂着发出空荡声的卷起皱皮的酒囊

隐身在比草莓红的沉寂里
脸庞，也散开，像啄食的鸽子
你走过去，你去呼喊，但别轰散它们
你似已走过，横亘的铁网和悬浮空中的桥墩
一座未进驻盲者的阁楼，就浸泡在如此湍急的铁流中

那边——忐忑就是通往的路
光明和血铺就的路，无尾路
你用手去摸，登高的羽毛，在尝着天堂的口福
飞翔的路，你用自己的手举起，捂住，又摸到天堂的心窝
闻识它，和你心堂内的灵魂、树，没有什么二样

白色和泅渡之钟，同在夹攻玩弄童身的世界
别太在意，你捧花读书，一听见歌声，就挨饿

这一切的一切，又怎么讲

一切都源自于变化：
一切的一切，一个半一刀切
你，半边的“尔”
我，变作二只蛾

抱着风向前冲，占领后退下来
那么多荣耀，那么多不闪耀的死亡
芳香和碎肉，沙漏
漏的不是沙，而是水，时间，沾亲带故的

犹似融化的硬石
赠送给会说话的哑巴。你说的，他唱的
规定的，即不可争辩的，占卜的，即更隐秘的
心要爱死，爱不得不死
脑要思亡，思想即卷走红灰烬

光的圈
谁啃过，你脸上的辙
太阳，恰似一枚纽扣，正对着内面哭

逝者，又爬了上来，长手矮腿
身子，背满豆荚和笛，来到还在嘭嘭长大的窗边
你的向往，一秒钟前
已变作比窗台还大一点的乳房的规格
你用朗读同他说话，用闽南口音
用O型元音，说到暗神现身，他，一切神
浇灌的荒芜的水仙
开出的不是水仙花，而是，未逝者的钢盔之花
而是，隔着空中的圆满
你的家和一连串孩子，还在黑乳房中长大

一切又都回归闭合
你，伴爬了上来，用乳房说话
幻想，不可轻饶，你又绕开它

向食物致敬

向食物致敬：
永不腐烂的，幽蓝色调

你，伸手触摸，草莓和袋鼠，伴眼瞳跳
跳出包围圈，一圈又一圈
敞开肚皮，向广场的方向跳
家大一点，屋宅的火焰
一团大红袍花叼雪球的火焰
你找活路缭绕，供养窗台和白被子床
你的春天来滋事，穿新衣的仆从洗净遗迹
一只细皮嫩肉的蚊子，刚活了三分钟
向你五十年的储血库，找长寿零头

它，紧盯住你
鳞光闪闪之身
把你当作比响蛇毒的食物
戴穿鼻孔圈响起来

太阳，伴渴望跳，说向西就向西
没家的人，多向它炽望一会儿，就找到了家
向太阳致敬
它永是心中的食物，咸咸的、淡淡的
浅浅的、狭狭的
海峡在跳，下一场战壕雨就灌满

针线活穿着萤火虫，忧思——荒凉的食物在跳

死亡的手都戴着响铃
太阳，天上的窝窝头
船坞，从左眼瞳驶向右眼瞳，活水墓在跳

换门孔，换气

枯朽，是朋友，借来烟火点点
烫手也烫热嘴唇皱褶
你站在一枝叶树上望过去
黄昏恰似搜身剩下的骨肉

新夜
悬吊的水闸双蒂莲花开
那位蒙面人，又来了，手中提着一铁桶钥匙
向湍急的水流中倒
犹似要去敲开跳荡的水珠之门
蒙面人，边倒边语：“人们，都在换禁锢的门。”
蒙面人像在倒戴锁链的手
闪着光，带着刺

别对着一只失踪的警犬吼！
它是在帮找失踪的戴火花项圈的主儿的孩子
嗅觉如歌乱蹿
朋友，被抽血的时间
比朋友还真诚的时间，都到哪里去了

它的液体的魂条儿
忙着敲石头里的积水喝
你听见这一声吼是从心中吼出来的
带着刺、闪着光

一万个门
一万个被打破的孔洞
捧着心，淌着血

沿途，钥匙丢弃得比荒石还多
那失踪的孩子就在其中？啼哭着，踢着腿
你看见折翅的蟑螂是已从水洼洗完早澡
你听见头上的流星，像空档的枪栓，拉得咔咔响
你对着朋友说，回到新的门孔里来，来换换气
别转身去点燃一枝叶树，你的手，闪着光，带着刺

风吹的正午，风吹的灰尘

风用斗量，灰尘，变作二个人影
请你走开，灰尘

会发白就很好
别梦想会发光
用金光洗身之人，别指望，会把蚂蚁洗变成蜜蜂
像臭水沟流淌煎饼油
番茄树抽出人的血浆
别指望，鳏夫赶马车送来妹妹

满头戴着玉簪进屋来
一团团绞合的向日葵，能吃上嘴的火焰
在一个正午晃悠的国土上空，爆破

风，唯有风，没有犯上作乱
裹旗靠壁穿裤
你放火烧天，成为，五分钟久的虚无纵火犯

好了，行雁已辞呈那轮日的孵巢
孵不出涛声，只孵出临窗的暗叫
但请别走开，灰尘
牧歌和玫瑰黯然失色，乌鸦成为正午的凶器

一挨上正午风就端来一盆持过刀刃的手洗水

风才是正午真正的凶器——残卷一切
张开辽阔的双手——拿捏住你
很精细把满身的皱纹翻弄一遍
再把隐藏心窝内的毒液挤了出来

正午，分成水中的二个人影
活下来的人，发光、发白
五分钟之久
一万年，也只挤出五分钟久的液体
灰尘，走开，一整个下午，你什么事也没做
背药箱的护士，提鸟铳者，乌鸦之叫，活了下来

二条绳子，三个人

记忆，长麻疹的
演戏，磨剪刀的
二条绳子牵住二束光
三条绳子，剩下一条，突暴束缚之光

三条绳子，三个人
捧着野草莓，二次失身的骨头
回到气球内去，回到上升内去

谁丢弃的钥匙
刺破三脚猫，凌空细爪
你怎样去避开，那些拣拾骨头人
瓮内装满金粉
顶在头上
头颅是最会缠绕的绳子，对着世界绕
天上来的
也是地下钻出来的，蚂蚱驮着鸿鹄
彩虹填满战壕
你淌着热液的嘴别停下，别改交谈去呼叫：大的吃小的
强的欺辱弱的
三脚猫对着哨卡叫
雾的肢骨慢慢咀嚼
你拣拾骨头的手，多长出了一只手
十指变短，单薄的身子像军被单飘起

你的劳役之身，只死去打水仗的嘴
大好江山，推粪土的车，在慢慢填

死鱼头
突暴的眼珠，紧盯住悬空打转的油轮
也紧盯住你，打着酱醋罐绳子的手
血红色的，金黄色靠拢来
岸——对枕畔的离散绕
凌乱懒散，蠕动如潮的
海豹，一哄而散，……
生出三个人，二条绳子
生出金光闪闪的浮冰像草垛
双暮色未被奸污的钟也深埋，教堂之钟
把雪花敲成鸽子，把鹰隼敲成水珠

在油漆之侧

遗忘和丧失你，心肝，还有一张写字桌
油漆的脸
被腊月的城堡花收缴去
三只残缺的脚
示意想象尚还可以赶路

穿透滴水，踏上血之路
多少年
垂钓者还在用绕红线的手指垂钓

十指连心
能钓到带着伟大思想之心
草管浮动
夜光加上夜餐，灵魂还身的沉寂
多么大的一尾
扑腾着，比啄痂鱼大十倍的熠亮

灵魂，死鱼，你想到了刀
在陌生人的家中，游动的弹壳力
冷蓝，熠亮

暂时，别说
装在衣兜内的一本经书
露出泛黄的脸
来，戏弄神的抠鼻指
风光不在
松尖大的鼻指
怎么能容下委屈之身，朝拜的呼吸
这位盟友
多少年，已不食不眠不言不语

你不代替发言，神已经失败
这位盟友
已剩下一具空壳
像已吃完但丁的地狱的幻影
死死揪住你，到了一个空荡的高地

油漆之花，戴火圈嘴啄你
你站起身，到升月照亮下的公园如厕
你就蹲在宣泄的光华中，朝拜这厕
强过一张写字桌，一尾海的鱼

讲，只讲到手

那扎草的网，你走在上面
脚不是刺坏了，而是像烛台，融化坏了

孩子，伤疤
你缝补纽扣，一起长大
你讲故事
讲不倒翁，竖直的绳子，讲穿破裤衩的流浪汉，上不了街
回不了，豆腐罩润湿的家
哽咽物，杂物间，细雨润物无声
稀缺物，南方之鹰
你讲故事，回到有洞穴的心

书，陪葬物，时间放不过它
无抽屉桌，永亮着灯，死神来吻过
这违禁物，明码标尺
转瞬，给阴暗和渴想，套上一个坐鞍
你还讲：十米之外有疆场，十米之内有棺材店
你提着猛兽皮，走了出来

从早晨走到夜晚，中间，提宠物笼的正午
之间，有人在修整邋遢鼻，和火龙果和白雾
粘了上去，你还讲：

光明已换了暴风雨的十副脸孔

这帝王的赞颂物，也在网上走坏了

你还讲：跟着暴风雨走
怎么走也走不到灰烬——光明的下身，比臭蛆虫臭
这灰烬，润湿的，变成了星之人
你讲故事，讲到花生不是开花，而是去做盒子
那死神的可爱之物
怎么装也装不完

翡翠玉的，坚硬的风，通往的
人人脸上不是戴防护罩，却铺着红杜鹃地毯
却没有一个人，走过
燃烧的钟情物，是水在石头上走过的，不是人

改用日光缝补人体的内膜
变形扭曲的手，燃烧的手
直到人人都会讲故事，讲：要赢，别用手走路

闪耀——理论的海

大海隆起船坞的唇，又陷落活坟的包
萤火虫把眼光转向，刚爬上岸的海狸下身
这弱势族的光的阵线；
你想想看，小虾米怎能变作白虎鲨发光的细齿
来咬

浊浪

抹上闪耀的蜜

捡螺者带着自己的死眼瞳穿梭
你那残含污水理论的脑皮，被屋檐的滴水砍伐
吃螺肉人还在螺筐内翻白眼睡眠

这里没有得羊癫疯者
这里更没有拜熊神需要的东西
波涛每一次击拍冰山，天堂又陷落进一次
远方，远方有人在用绑带谈论伤愈站起的家族，像指着
飞过的雁阵又多了一只，强大又强大
这里没有人愿接受晨光的洗刷，当作
像用摘花的手，去撕这雁阵当封条的家门，还美好

你想想看：
那些蒙住双眼用身体游戏的人，怎样
能从露现铁栅的沟壑围拢住自由和快乐，闪耀的
你手指尖站起火柴梗的航标塔
泼着未被安葬的湿漉，对着你的眼瞳走来

闪耀，砍伐
晨光又赶来很多没有下身的黑海狸
萤火虫越簇拥越多，涌来咬、涌来咬
这最为散乱的，自由的行体，是闪耀着血

桌墙浮来，你一个人的太阳

你的、抽屉桌装满火柴盒和草莓，你的书
一副心肠也装在内面，淌白蛆虫的蜜，这发亮的翅
驭着尘铁和暗日，终有一天会飞掠起

“你个人的太阳——佯装的迷妄，抽屉桌”，世界，沉寂得发病
河水和夜光在上面交梭，抽屉桌如海洋浮起，点亮如象管的火焰
喷泉。母亲在翻晒腐草的地面
俯身闻一闻，十指抠入，再拣出好的情节
藕茎和蚯蚓发亮的一节节，水仙的赞美辞也浮了上来

拣好的、发亮的一副心肠

搀扶残老弱幼的，浮在太阳上
就以这像受孕的语气，夸奖你能爬上坝岸
就庆祝这高坝岸，那蔓延的弧线，一束光，穿白长褂
练就永不崩溃药之人，就以抽屉桌为嘴，代替中箭伤的白鸥讲话

你手中的书：未翻读到死亡二字，爱情的太阳浮来
像贵夫人伴你讲话，嘴讲着嘴，讲到砂石变作白银之餐

靠着你居住房的墙，敲打出密缝里，变作口琴的弹壳讲话
墙的四腿展开，围住一家草莓之人，草莓人的太阳之家
弹壳琴唱起，墙飞起来，火柴盒倒出像海洋浮游的读书人
那人，伸出火柴梗的药棒手指，点燃这草莓像太阳

那幻想人——就以草莓受孕的太阳浮来
那抽屉桌人，也就是把火柴盒和爱情书垒叠高起来之人
你的海洋，撕裂墙的四腿，浮了上来
那不幻想人，你的母亲，去拣一副丢弃的铁鞍，也浮了上来

水仙不是蛇

水仙不是蛇，却把花开在蛇身上，水仙
你的书香之家，书抖落厌倦，欲望和肖像簇拥之城
洗城人的飞天长袖，谣歌者踩着肚脐眼碎步，春天来了

“硕鼠转眼，凝望——太阳光下摊开的占卜牌”露水里的太阳
收缩大海的反光，一如和平的子宫绽放
春天缝合伤口的蜜
东北来的皮鞋匠，不敢踩下金门镇第一脚，改背弹壳刀贩卖
水仙，就把花蕊开在空弹壳上，春天来了，把蛇轰跑

春天，还怀着水仙瓣上的幼兽之孕

行人的头上都插着它的花，到夜晚还发亮
虚幻的咀嚼者，新墓的岔径却支在葡萄架上
是喷浆不是涂漆的画架，毛孔也在喷安魂曲之泉
洗烟囱人，烧纸幡人，妄想把脚迹捆绑在云端上

昏暗败残的傍照，窗台是其中未伤害的一朵
太阳从夜晚的远岸炽射过来，窗台——太阳的第二颗

你的心胸浮游，你的头颅在手上浮游，往逝在浮游
那浅显的倒影的深渊，像烧焦的永恒，你不敢讲一句话来遮掩
你只诵念水仙赞誉辞，来排白骨的栅栏，刚长出茸毛的燕儿排第二排
流星来排第三排，带着鼠眼和逃遁的闪电，安宁在浮游

噢水仙，分作水和土之身，把神思绑住
分作二地人，二地书，你的头颅歪倒二边
你的心放在：漂木和舰艇之间，留声机的转针上
窗台，被太阳风吹来，已变作茶缸，发出弹壳的挂帘之声

空弹壳

空弹壳，你吹响起来，泼来
松尖翻滚，岩石松动，你的后妈站在油菜园里
背着后脑勺，呼喊来：天暗下来，快回家了

“乡愁的意象—— 一斤三两重的乌贼鱼”隔窗，冷雨
泼来，冷雨也背着角兽的繁殖者，不是被准星击落
纺织如阵线，三只红眼睛
你翻过长有红眼睛的墙，墙的帝国接受毛虫的咀嚼
你平躺在棋盘的梯田，上升，这草垛的岛国

乡愁，空弹壳吹响的圣歌

你俯下陶蜜罐的嘴，吹眉睫上的灰

蜜蜂，采来星的蜜，如远眺弹射出去
你的跳绳艺在填满战壕的烟幕中跳，月光，泼来
你看见草绳和铁网线绞合一块，吊挂蜜罐盒，泼来

你的身体钻打个孔，变作蜜蜂飞起来，天空也抹上一层蜜
太阳，天上的广场，天暗了下来，广场上没有赶车人

你祈求安详的，被疑想钻个空，被苍茫扑个空
家被扑出更多的孔，塞不入心里话，改用装酒的瓶塞吹
胆汁，泼来，火焰，泼来，用红树叶打扫的萤火虫
堆起来，堆得比船坞高，上升，悬浮，白灰灰的，泼来

那乡愁，脑给蜜蜂采，眼给萤火虫咬
赶白面膜做成面首的人来嘶喊
那不是幻觉，那是聋者擂击的鼓，在一阵雨中沉寂下来
那是一张无唇有齿的嘴，来咬你的新娘，红的血，白的骨

引路人

光中摆上个人的宫殿，会有的
不是倒立地搭积木
不是——梦中的暴风雨，焦糊了一遍又一遍

睡去再醒来，虚无中的一根稻草，会有的
走绝路遇见给盲者的引路人
引过渊坎，引上烟雾筑巢的旗杆
所有的光都集束在他的身上

呵，也给盲人摆上宫殿

超越光芒之上的引路人：

他的眼睛使我们望见黑暗中万人头颅攒动
他的眼睛同我们的眼睛一样大小
却使我们与面前的所需之物和宫殿保持平衡

出头日

学呼吸
学做人
你说这是什么物？一团迷雾
迷雾生出作诗的船坞，重听敲梆声
把星宿垂落的滴露敲作纯净城

内边，花开有形人，一个无人日
指向灵魂深处；死亡之诗
摇着桌桨，来到身边。石屋顶的海
酗酒，一饮而尽，梦分开岔径；就是这
不依傍自身的游魂归来。迎着升日
重给读书读瞎掉眼的人剪做一件衣衫
一件厚过皱折皮的画之衫，至少，不是来挡风雪
至少能防一次日晒，不让心堂多添置一层灰灰火焰。燃烧，什么物？
荒凉的路中，弃婴更多
黑暗中，看不见五指，却听得见说话和呼喊，听啊

冬日沉默的嘴巴生长出奶汁般的喷泉城

一团迷雾中花开，闪亮的东西，你学它什么？
节奏，干戈相间受孕，拍打节奏
放弃，或跟随浮魂相挤至无米之水的高地，再抚一小脉搏对抗